LE SOMMEIL D'AMNESIAH

DU MÊME AUTEUR
CHEZ LE MÊME ÉDITEUR

N° 1 : LA HACHE DE BRONZE
N° 2 : LE GUERRIER DE JADE
N° 3 : LES AMAZONES DE THARN
N° 4 : LES ESCLAVES DE SARMA
N° 5 : LE LIBÉRATEUR DE JEDD
N° 6 : LE MAUSOLÉE MALÉFIQUE
N° 7 : LA PERLE DE PATMOS
N° 8 : LES SAVANTS DE SELENA
N° 9 : LA PRÊTRESSE DES SERPENTS
N° 10 : LE MAÎTRE DES GLACES
N° 11 : LA PRINCESSE DE ZUNGA
N° 12 : LE DESTRIER DORÉ
N° 13 : LES TEMPLES D'AYOCAN
N° 14 : LES RÊVEURS DE XURA
N° 15 : LA TOUR DES DEUX SAGESSES
N° 16 : LES MERS DE CRISTAL
N° 17 : LES CHASSERESSES DE BREGA
N° 18 : L'ÉCHIQUIER VIVANT DU HONGSHU
N° 19 : LES RAVAGEURS DE THARN
N° 20 : LES BARBARES DE SCADOR
N° 21 : LES CONSACRÉS DE KANO
N° 22 : L'EAU DORMEUSE DE DRAAD
N° 23 : LES CINQ ROYAUMES DE SARAM
N° 24 : LES DRAGONS D'ANGLOR
N° 25 : LA TRIBU ROUGE DES KARGOIS
N° 26 : LES ANDROÏDES DE MAK'LOH
N° 27 : LA COURTISANE DE DAHAURA
N° 28 : LE MAGICIEN DE RENTORO
N° 29 : LE TYRAN DE TARGA
N° 30 : LE MALÉFICE DU NGAA
N° 31 : LES GLADIATEURS DE HAPANU
N° 32 : LES RÉVOLTÉS DE MYTHOR
N° 33 : LA FORÊT CARNIVORE DE JAGHD
N° 34 : LES DESCENDANTS DES MAÎTRES DU CIEL
N° 35 : LES SEPT DUCHÉS DU FLEUVE CRAMOISI
N° 36 : LA VENGEANCE DU MAÎTRE DU CIEL
N° 37 : LA CAVERNE DE L'IDOLE
N° 38 : LES AÉRIENS DE K'TAR
N° 39 : LES DIEUX DE LA MORT LENTE
N° 40 : LES MANGEURS D'HOMMES D'ILETROIS
N° 41 : LES CHEVALIERS-DRAGONS DE KHARM

- N° 42 : LES ADORATEURS DE DSCHUBBA
- N° 43 : L'EMPEREUR DE WORAD
- N° 44 : LES HORDES DU GRAND OCÉAN
- N° 45 : LES LÉGIONS DE KORUM
- N° 46 : L'ÉMERAUDE DE JOKKUN
- N° 47 : LES DEUX REINES DE DRAKO
- N° 48 : LES ZOMBIES DE VIKKA
- N° 49 : L'AMBASSADRICE DES KHUNS
- N° 50 : LE PROPHÈTE FOU DE DRYDEN
- N° 51 : LE FIEF DE CIPANG'HO
- N° 52 : LES PRÊTRES-ROIS DE TARKOS
- N° 53 : LES BERSERKERS DU PAYS-ROUGE
- N° 54 : LES HORDES DE PIERRE
- N° 55 : L'ENVOYÉ DE MICTAN
- N° 56 : LE COMBAT
- N° 57 : LE COMPLOT DES SIN'KAS
- N° 58 : LES SÉQUESTRÉS DE RHIVA
- N° 59 : LE TRAÎTRE DU JEHOL
- N° 60 : LES CYCLOPES DU DIEU SERPENT
- N° 61 : LE GRAND MAÎTRE DE VIE
- N° 62 : LA DIMENSION APOCALYPSE
- N° 63 : LA CITÉ DES FEMMES-CLONES
- N° 64 : LA REINE DES OMBRES
- N° 65 : LE CENTAURE D'ABYSSIA
- N° 66 : L'ARBRE SACRÉ DE SERENDAH
- N° 67 : LE SAGE DE GERONYA
- N° 68 : LE ROYAUME DE FÉLICITÉ
- N° 69 : LE TEMPS DU RÊVE
- N° 70 : LA RÉSURRECTION DE KAAH
- N° 71 : LE SOMMEIL D'AMNESIAH
- N° 72 : L'ENFER D'APOKALYS
- N° 73 : L'OISEAU DE PAIX
- N° 74 : LA CITÉ D'IVOIRE
- N° 75 : LE FEU D'ODYSSIAH
- N° 76 : LES RAPACES DE VESTA

JEFFREY LORD

BLADE

LE SOMMEIL D'AMNESIAH

La loi du 11 mars 1957 n'autorisant, aux termes des alinéas 2 et 3 de l'article 41, d'une part, que les *copies ou reproductions strictement réservées à l'usage privé du copiste et non destinées à une utilisation collective*, et, d'autre part, que les analyses et les courtes citations dans un but d'exemple ou d'illustration, *toute représentation ou reproduction intégrale ou partielle, faite sans le consentement de l'auteur ou de ses ayants droit ou ayants cause, est illicite* (alinéa 1er de l'article 40). Cette représentation ou reproduction, par quelque procédé que ce soit, constituerait donc une contrefaçon sanctionnée par les articles 425 et suivants du Code pénal.

© By Book Creations, Inc.
Produced by Lyle Kenyon Engel.
© Presses de la Cité Poche/GECEP 1990.
ISBN 2-285-00153-3
ISSN 0395-7780

CHAPITRE PREMIER

L'immense vallée désertique d'Amnesiah s'étendait dans toute sa rigueur, en une large cuvette balayée par de cuisants vents de sable jaune. Planté au centre de la vaste esplanade de dalles blanches, le séculaire Cristal bleu dardait sa gigantesque aiguille de pureté glacée vers un ciel étonnamment mauve. Autour de lui, tout n'était que sable, pierre et mystère...

Le soleil était presque au zénith. Un soleil lourd. Brûlant. Un astre éclatant dont la lumière écrasait sans pitié les camaïeux ocrés du vaste décor.

Dans la chaleur accablante de ce grand jour, d'innombrables colonnes de pèlerins convergeaient encore vers le triomphant monolithe bleu. Venus de tous les horizons d'Amnesiah, les longs rubans mouvants de la foule déroulaient leurs volutes colorées sur les pentes escarpées des lointains contreforts. Par milliers, hommes, femmes et enfants descendaient vers la gemme sacrée.

Le peuple amnèse.

Ils étaient tous venus. Le plus souvent au prix d'interminables et harassantes marches sous un soleil meurtrier. Pour se grouper autour de leur princesse et recevoir comme chaque fois ce don ineffable qu'elle était seule à pouvoir prodiguer.

Leur Mémoire.

Déjà, au cœur d'Epsylah, capitale d'Amnesiah, la foule impatiente s'était massée sur le chemin du cortège princier. Un cortège qui la guiderait vers le Cristal. Pour que s'accomplisse l'immuable Rite.

Celui du Souvenir.

Bâtie sur les pentes qui dominaient l'immense vallée, la citée souveraine imposait sa masse blanche et pure sur le fond ocré des montagnes. Egalement baptisée Cité du Temple, Epsylah devait son éblouissante clarté à ses occupants. Depuis trois lunes, ces hommes et ces femmes à la peau cuivrée et aux grands yeux mauves préparaient ce moment de gloire. Ils avaient nettoyé et blanchi à la chaux chaque mur, chaque monument, chaque pierre de la ville. Cette pratique ancestrale, symbole de pureté, révélait l'aptitude du peuple à recevoir la Mémoire. Ainsi la ville d'Epsylah se gratifiait-elle avec orgueil d'une propreté exemplaire autant que d'un ordre irréprochable.

L'arrivée du char princier déclencha une avalanche d'acclamations. Tiré par quatre chevaux pommelés, il s'entourait d'une haie de gardes d'apparat en armure dorée. Tenant leurs lances pointées vers le ciel, poing au corps, les fantassins marchaient tête haute, en une escorte dévouée.

Sur le char garni de somptueux parements d'or et d'argent, surmonté de deux figures de proue de bois sculpté, allégorie de la Mémoire tendant la main vers le peuple, le couple princier saluait la foule admirative de discrets signes de tête. Assis droits et dignes sur de somptueux coussins, la princesse Esyl et son époux

Gork avançaient lentement vers le Sanctuaire. Un dais de soie bleu pâle, tout brodé d'or, les abritait des rayons agressifs du soleil.

— Regarde tous ces gens, Gork, regarde-les ! Leur paix exalte mon cœur, s'extasiait la jeune princesse.

— Tu as raison, Princesse, répondit son époux.

Il avait la voix molle et le verbe hésitant. Le Rite l'ennuyait. Il ne comprenait pas pourquoi la princesse tenait tant à redonner ainsi la mémoire à son peuple, alors qu'il était si simple de gouverner des sujets amnésiques. Mais Esyl était la princesse régnante et Gork n'était que son époux. Alors, trop paresseux pour oser même songer à la fronde, Gork laissait faire. En supportant la chaleur, en pensant à autre chose... Falot et irresponsable, il n'appréciait dans le Rite que le moment sacré où Esyl s'offrait au sacrifice. En ces instants, l'exquise princesse au corps sublime et à la peau couleur de miel rayonnait de jeunesse et de beauté. Rendue plus belle encore par ces élans mystiques qui à la fois l'offraient à son peuple et la soumettaient à la magie du cristal.

Héritière du droit divin légué par ses aïeules, Esyl était l'esprit autant que la beauté. Elle était la Divine. Par elle renaissait la Mémoire. Celle de son peuple. Un peuple qui par ailleurs réclamait son dû :

Une petite princesse.

Une héritière de ce même droit divin, qui plus tard, régnerait à son tour, renouvelant ainsi l'indispensable Rite. Mais l'enfant tardait et dans le secret de l'alcôve, la princesse sentait parfois les tourments l'assaillir.

Le chagrin aussi.

Si par malheur toute descendance féminine lui était refusée, son peuple s'enfoncerait dans l'oubli et plus rien ne pourrait alors lui rendre la Mémoire. Une Mémoire collective enfouie dans le Cristal bleu et que par droit divin, seule Esyl pouvait réactiver. A moins qu'un jour on ne découvre enfin où le grand fleuve sacré de la Mémoire, celui de la Légende, était allé se perdre.

Car Siprith avait disparu. Depuis longtemps.

Très longtemps.

Le long cortège venait de franchir les portes d'Epsylah. Précédé de fantassins, le char princier avançait lentement dans le désert brûlant. Venaient ensuite la cour toute de blanc vêtu, les notables en gris et or, puis enfin le peuple enthousiaste. Venu de partout pour assister au Rite, il repartirait ensuite, de nouveau empli de cette Mémoire qu'il avait tant peur de perdre. Et qu'il perdrait d'ailleurs.

Peu à peu, insidieusement, jusqu'au prochain Rite.

Le cortège princier s'était arrêté devant le monumental escalier montant à l'esplanade. Entourée des prêtresses, Esyl le gravit, marcha de son pas léger jusqu'au pied du Cristal, puis, s'immobilisant, elle éleva les bras dans un geste d'offrande, tandis que les prêtresses ôtaient de ses épaules la longue cape de voile d'or où s'inscrivaient en signes blancs les mystérieux symboles du Rite. A cet instant le silence se fit et tandis que plongeait sur l'océan figé de son peuple le regard mauve d'Esyl, sa voix haute et claire s'éleva dans l'incendie du ciel :

— Peuple d'Amnesiah, es-tu prêt ?

Une immense clameur monta de la foule, puis le silence revint.

— Alors, déclara la princesse, quand l'astre de feu sera vertical, quand mon corps et celui du Cristal seront en osmose et que l'eau de la Mémoire me pénétrera, le Rite s'accomplira.

Nouvelle clameur du peuple, nouveau silence. Esyl leva les bras plus haut, lança encore :

— Puisque tu es prêt, peuple d'Amnesiah, que le Rite s'accomplisse et que la Mémoire renaisse.

Réverbérée par un étrange écho, la voix d'Esyl roula dans l'immense vallée, avant de s'éteindre, emportée par le vent brûlant. Figé, comme captif autour de la princesse, le peuple attendait maintenant que le prodige se renouvelle. Immobile, vêtue d'une longue et simple robe blanche dont le bas voletait autour de ses jambes, Esyl scrutait à présent le ciel. Au sol, les ombres s'effaçaient peu à peu. L'astre éblouissant montait toujours, tandis que la flèche parfaite du Cristal bleu l'attendait de tout son haut dans le ciel incandescent. Enfin, tandis qu'un murmure s'élevait de la foule innombrable, le soleil au zénith fut à la pointe du monolithe. Alors, sur le signe d'une prêtresse, une armada de hérauts ouvrit la cérémonie du Rite du Souvenir à grands coups de trompette, puis se tut. Dans sa longue robe immaculée, Esyl fit encore un pas vers le grand Cristal. Grand et froid, il n'attendait que ses mots magiques pour s'éveiller à nouveau. Elle leva les bras, déployant de larges manches. Ses longs cheveux croulaient en boucles épaisses sur ses reins. Dans le silence retrouvé, la tête haute, la jeune princesse ferma les yeux et, le visage offert au ciel, elle clama de sa voix claire :

— Que le Rite soit !

Aussitôt, deux prêtresses vinrent dénouer les rubans aux épaules de sa robe et, comme aspiré par le sol surchauffé, le fragile vêtement se répandit gracieusement autour de ses chevilles. Superbe et nu, son jeune corps à la carnation ambrée apparut alors en pleine lumière et de la masse du peuple saisi d'extase, un souffle d'admiration monta dans le silence. Alors, comme lors de chaque Rite, la princesse Esyl fit un dernier pas vers le Cristal, referma ses bras autour de lui et y plaqua son corps dans une étreinte d'une douceur infinie. Mais tandis qu'elle allait prononcer les premiers mots de la formule magique, un grondement venu de partout à la fois s'éleva dans l'immense vallée, tandis qu'un formidable nuage de poussière jaune déferlait des montagnes. Alors, jaillie de la foule encore sous le charme, une voix de femme cria :

— Les Tasks !

Surgissant du haut des crêtes en une horde sauvage, des cavaliers masqués, casqués et vêtus de fer et de cuir dévalèrent les pentes abruptes, crevant l'ouragan de poussière et poussant des hurlements de mort. Au pied de l'esplanade, une autre voix cria soudain :

— Epsylah est en flammes !

Ce fut comme un signal. Tout à coup affolé, le peuple des Amnèses se mit à fuir.

Trop tard.

Commandés par le sanguinaire Balak, roi des Tasks et maître du Royaume Inconnu, les barbares se ruèrent, en hurlant, sur la foule en déroute, égorgeant, massacrant tout sur leur passage. Sous les glaives et sous les haches, les Amnèses tombaient sans rémission. Des têtes tranchées roulaient dans la poussière. Des plaies béantes des égorgés sortaient les râles de la mort. Le sang de l'innocence giclait sur les bourreaux. Les Tasks tuaient à tour de bras en riant aux éclats.

Encore nue sur l'esplanade, saisie par le terrible

spectacle, Esyl assistait impuissante au massacre de son peuple, sous les cris bestiaux des barbares. En un instant, la garde princière fut décimée devant ses yeux horrifiés, répandant son sang sur les dalles blanches, souillant même le corps de la princesse quand les derniers soldats vinrent mourir à ses pieds. Paralysé dans sa litière, la bouche ouverte sur un cri muet et la main fermée sur la poignée d'un sabre qu'il ne sortirait pas, le prince Gork semblait déjà mort. Quand la hache du terrible Balak s'abattit sur son crâne et qu'elle l'ouvrit en deux, il lâcha son sabre et s'écroula en avant dans un geyser de sang. Esyl fit quelques pas, cria un ordre que personne n'entendit. Elle vit la masse sombre d'un cheval bondir sur l'esplanade, elle cria aux prêtresses de lui rendre sa robe, mais déjà, un bras puissant et dur enserrait sa taille comme un étau. Dans une douleur de tout le corps, elle se sentit arrachée du sol et, l'instant d'après, le monstre de cuir et de fer l'emporta au galop.

Balak.

— Tu es enfin à moi ! hurla-t-il en talonnant violemment sa monture. A moi ! Rien qu'à moi !

Puis le cheval, son sinistre maître et la douce Esyl furent avalés par l'ouragan de poussière jaune. Derrière eux, les Tasks poursuivaient leur atroce carnage.

CHAPITRE II

Au cœur de Londres, Richard Blade et sa compagne Loret passaient leur soirée au vernissage de la dernière exposition de Da Nacco, peintre de son état et ami de Richard Blade. D'un œil admirateur, le couple découvrait les magnifiques toiles en trompe-l'œil, astucieusement mises en valeur par des jeux de lumière blanche.

Dans la galerie moderne se trouvait en partie réunie la *jet set* londonienne. L'ambiance était animée, le Moët et Chandon coulait à flots.

Le peintre, très entouré, circulait parmi la foule des invités, échangeait quelques mots avec les uns, serrait des mains, recevait des compliments, parfois accompagnés d'un gros chèque signant l'achat d'une toile. L'artiste ne savait où donner de la tête. Son vernissage était une réussite complète.

Un admirateur un soupçon maniéré s'avança vers lui, tenta de lui infliger l'analyse pompeuse de sa propre vision de l'art. Le peintre écouta poliment, cherchant cependant discrètement le moyen d'échapper aux propos ennuyeux. Soudain, du coin de l'œil, il aperçut Blade.

— Veuillez m'excuser.

Il fila en direction du couple tandis que l'autre cherchait une autre victime.

— Sauvez-moi ! s'écria le peintre en attrapant Richard et Loret par le bras.

Dans son tailleur de satin, veste verte à pois noirs, cintrée, et jupe droite unie, fendue derrière sur ses longues jambes aux bas de soie, Loret éclatait de beauté. Da Nacco cilla sous le regard d'émeraude, secoua la tête d'un air désespéré :

— Et dire que ces yeux-là ne sont sur aucune de mes toiles !

Loret le remercia d'un sourire et le peintre questionna Blade :

— Alors, vieux, toujours en vadrouille ?

— Si on veut, répondit l'agent secret en déployant un maximum de discrétion.

Un serveur passait par là, un plateau garni de coupes de Moët et Chandon en équilibre sur la main. Il s'arrêta à la hauteur du petit groupe.

— Buvons à nos retrouvailles, proposa le peintre.

Il saisit une coupe, la tendit avec galanterie à la belle Loret.

— Pour moi, devança Blade, ce sera un Hennessy-glace, s'il vous plaît. Avec cinq cubes, précisa-t-il au garçon.

— Fidèle aux bonnes habitudes, à ce que je vois, observa l'artiste peintre d'un air complice.

Au fil de la conversation, le peintre s'était mis peu à peu à bavarder davantage avec la ravissante Loret, délaissant discrètement son ami. Son verre de Hennessy à la main, Blade observait Loret avec un éclat amusé dans le regard.

Soudain une meute de femmes, toutes plus séduisantes les unes que les autres, s'abattit sur l'agent secret. Son smoking blanc à revers de satin, son nœud papillon sur chemise à col cassé et son air de prince pirate faisaient merveille.

— Excusez-moi, monsieur, commença l'une d'elles, mes amies et moi n'arrivons pas à nous décider sur le choix d'une toile.

— Pourriez-vous trancher pour nous ? poursuivit une autre.

Simple prétexte. Ces ravissantes créatures n'avaient pas plus envie de parler peinture que Blade de se faire moine. Il entra pourtant dans le jeu. Après tout, il se trouvait flatté d'une telle situation. Puis un peu agacé par les manières un peu trop flatteuses de certaines, il suggéra poliment :

— Si vous tenez tant à connaître les états d'âme du peintre à propos de cette toile, allez donc le lui demander.

Puis il s'éloigna, pour se retrouver face à une véritable œuvre d'art... vivante. Grande, brune, vêtue d'un fourreau de soie noire, belle à couper le souffle. Ils se sourirent et, un instant plus tard, Blade savait tout de la ravissante. Almeira, vingt-sept ans, mannequin et brésilienne. Avec la masse brune de ses cheveux coiffés « lionne », ses grands yeux d'encre noire pleins de malice et son décolleté plongeant plus généreux qu'une œuvre de bienfaisance, Almeira devait faire des ravages.

— J'ai entendu ce que vous disiez à ces femmes, avoua la Brésilienne avec son accent inimitable. Personnellement, je préfère votre compagnie aux états d'âme du peintre.

Si ce n'était pas de la drague...

— Vous habitez Londres ?

La brune enfant insistait.

— Le plus souvent, répondit Blade, amusé.

— Je vois. Vous êtes un de ces hommes d'affaires qui viennent boire un verre à Londres entre deux avions. Moi je suis de passage ici. En vacances chez une amie... En réalité j'ai un ravissant *penthouse* à Rio avec vue imprenable sur la baie, ajouta-t-elle. Largement assez grand pour deux.

— Vraiment ?

Rio n'était quand même pas la porte à côté.

— Si vous passez par là-bas, invita la pétillante Brésilienne avec des tonnes de sous-entendus, arrêtez-vous donc chez moi. Je vous ferai visiter...

A deux pas de là, la belle Loret écoutait par intermittence les propos galants de l'artiste peintre, et ceux de la Brésilienne. Au fond d'elle-même, il y avait des envies de meurtre.

— Venez donc dîner un de ces soirs, invita l'artiste, je vous montrerai d'autres toiles...

N'y tenant plus, Loret s'arracha à Da Nacco.

— Oui... merci.

Déjà, elle avait rejoint Blade et le tirait par la manche en jetant à l'adresse de la belle Almeira :

— Je vous l'enlève. Question de santé.

Sans préciser davantage, elle se serra amoureusement contre Blade en l'entraînant vers la sortie. En passant devant l'artiste, Loret lui décocha un sourire incendiaire. Plein de promesses...

Dix minutes plus tard, la Rover de Blade s'enfonçait dans le *fog* de la nuit londonienne. Lovée dans le cuir du siège voisin de Blade, Loret opposait une moue boudeuse. Mais devant le mutisme amusé de Blade, elle finit bientôt par déclarer dans un soupir :

— Certaines peintures m'ennuient. Je préfère nos soirées en tête à tête.

Malicieusement, elle avait fait glisser la jupe de son tailleur, laissant deviner, haut sur ses cuisses, de fines lingeries très appétissantes. L'ombre de la nuit la rendait encore plus désirable. Blade sourit, déposa un baiser au coin de ses lèvres. Et, tout en promenant sa main sur ses bas de soie, il chuchota à son oreille :

— Dans ce cas, que dirais-tu d'un petit dîner aux chandelles et d'une fin de soirée chez moi ?

Au sourire de Loret, Blade comprit que l'orage était passé. Pour l'agent secret du MI 6, Loret était la plus sublime de toutes les femmes qu'il ait jamais connues. Pour lui, chaque « retour » de translation était prétexte à cadeau. Mode et parfums de Paris, week-end en Italie ou encore concerts à Vienne ou à Berlin. Ce soir, ce serait le tête-à-tête.

Blade et Loret se réconcilièrent tout à fait dans l'ambiance feutrée d'un piano-bar de Londres. Un des meilleurs restaurants français de tout le royaume. Assise face à Blade au fond d'une alcôve tendue de velours grenat, Loret coulait son regard émeraude pailleté d'or vers Richard, tout en dégustant à petites gorgées le Moët et Chandon millésimé frappé à point. Les flammes vacillantes des chandelles faisaient danser des ombres gracieuses sur son visage pur. Une sono discrète diffusait son sirop-piano et l'ambiance était aux caresses des yeux et du bout des doigts. Puis on apporta le « soufflé-champagne » qu'un instant plus tard Antoine, le chef français, vint servir en personne avec componction. Un plat de haute acrobatie qui n'aurait pas supporté la moindre seconde de distraction.

Avec tous les gestes solennels qu'imposait l'instant sacré, Antoine allait inciser la croûte meringuée, quand deux civils se présentèrent à la table de Blade. Ce dernier leva les yeux, fronça aussitôt les sourcils.

Il avait compris.

Seule police attachée au projet DX, la Special Branch savait toujours où le retrouver. Mais cette fois, c'était la catastrophe. Déjà, le sourire alangui de Loret s'était un brin figé.

— Si Monsieur veut bien nous suivre.

Discrètement, une plaque ouvragée était apparue dans la paume de l'intervenant. Un ton plus bas, le deuxième homme ajouta :

— De toute urgence, *Sir*.

De telles instructions ne pouvaient émaner que de J.

— C'est que... commença Blade en désignant le soufflé d'un air désolé.

— La limousine attend, *Sir,* insista le premier agent.

— Mais enfin, va-t-on m'expliquer ce qui se passe ? pesta Loret qui trouvait que trop de gens s'intéressaient décidément à Blade.

Surtout ce soir.

L'agent secret du MI 6 détestait également ce genre d'intervention. Des accrocs dans sa vie privée qui devenaient insupportables. Bien que compréhensibles, compte tenu de sa fonction ultra-secrète.

Ne croyant pas au miracle, il protesta pourtant :

— Ne pourrait-on achever ce dîner ? Je viendrai aussitôt après.

Le plus âgé des deux agents secoua lentement la tête :

— *Sorry, Sir*. Ce sont les ordres.
— Mais enfin, Richard! s'exclama soudain Loret. De quels ordres parlent ces hommes? Que se passe-t-il? Que me caches-tu donc, à la fin?
— Désolé, *darling*.
— Tu... tu veux dire que tu vas...
— Je crains de ne pouvoir te raccompagner, Loret. Désolé. Je dois suivre ces messieurs.

Déjà, à contrecœur, Richard Blade se levait de table. Furieuse, Loret lança d'une voix cinglante :

— Eh bien, puisque tu dois *encore* partir pour je ne sais où, pars. Moi je reste. Je dégusterai seule le soufflé et le Moët et Chandon. Et si un homme vient me draguer, au diable ma vertu!

Cette fois Loret semblait réellement fâchée.

Le projet DX avait vraiment fini par saboter leur belle histoire d'amour.

***

— Navré pour ce petit contretemps, Richard.

Calé sur les coussins à l'arrière de la limousine, J, le vieux patron du MI 6, avait accueilli Blade sans paraître remarquer sa mauvaise humeur. Blade lui décocha un regard sombre.

— Le smoking, c'était pas nécessaire pour vous faire pardonner, dit Blade d'un ton sec.

D'ordinaire plutôt vêtu dans le style gentleman-farmer, J arborait ce soir-là une toilette de soirée. Avec juste ce qu'il fallait de froncement de sourcils, le chef du MI 6 expliqua du bout des lèvres :

— Un souper. A Downing Street (1). Genre sauterie punk.

Malgré sa contrariété, Blade sourit. C'était rare d'entendre J plaisanter, même aussi modestement.

— Alors ? Quel est le programme ?

— A vrai dire, répondit J, je n'en sais pas beaucoup plus que vous. Au téléphone, Lord Leighton semblait complètement fou. Urgence rouge, paraît-il.

— Je suppose que cette interruption dans votre « folle » soirée avec le Premier ministre vous a plutôt... arrangé, vous !

— Tout dépend des goûts de chacun, riposta calmement le vieux chef espion.

— Lord Leighton ne vous a-t-il vraiment rien dit ?

— Selon lui, votre départ imminent s'impose. D'après les données transmises par les ordinateurs d'Investigator, le facteur temps jouerait un rôle primordial.

— Je vois, mentit Blade.

— Pour le reste, il faut attendre. Lord Leighton nous informera.

Blade ne connaissait que trop Lord Leighton. Toujours pressé. Jamais content. Vieux créateur et unique responsable du Projet DX devant Sa Majesté, Lord Leighton déployait un travail colossal et acharné sur les ordinateurs sophistiqués du laboratoire secret du Projet DX. C'était aussi lui qui dirigeait les manœuvres de translation pour chacune des missions de Blade.

Dans les rues froides de Londres, le brouillard s'épaississait de plus en plus. Les phares de la limousine en déchiraient le voile mouvant. La Daimler longea la

(1) 10, Downing Street : résidence du Premier ministre à Londres.

Tamise et à la faveur d'une trouée dans le *fog,* Blade aperçut la publicité peinte d'Hennessy-glace. Il ignorait quand il aurait de nouveau l'occasion de porter un toast à la beauté de Loret. Déjà, la Daimler stoppait au pied de la vénérable Tour. Le laboratoire du Projet Dx était juste en dessous. Soixante mètres plus bas.

Si les Londoniens l'avaient su...

Blade et J se présentèrent au contrôle. Deux agents de la Special Branch vérifièrent leur laissez-passer et ils purent franchir la discrète porte blindée de l'accès secret. Ils pénètrèrent dans la cage de l'ascenseur et disparurent dans les entrailles de la Tour.

Soixante mètres plus bas, Lord Leighton les attendait avec impatience et d'une humeur toujours aussi massacrante.

— Enfin vous voilà ! Vous en avez mis du temps, grinça-t-il de sa voix aigrelette. Le temps presse. Le temps presse !

Et il lança à toute allure son fauteuil d'infirme dans les couloirs du labo. Façon dragster. Cloué dans une chaise roulante depuis sa dernière attaque de polio, le vieux savant pilotait l'engin comme un obus. Dans le dos de Blade, la porte de bronze du laboratoire le plus secret du royaume s'était refermée en silence et le ronronnement discret des ordinateurs géants ressemblait à celui d'une ruche.

— La situation est plus que grave, enchaînait déjà Lord Leighton. Le rapport d'Investigator est formel. Nous sommes en présence d'un peuple en voie d'autoextermination. Suicides en masse, viols, meurtres et massacres en tous genres.

— Follement divertissant ! s'exclama Blade.

— Nous sommes en pleine démence, ajouta J toujours inquiet pour son poulain.

— Ça n'est pas tout, reprit Lord Leighton, les cheveux en bataille. Non seulement il s'agit là de toute une humanité qui s'autodétruit, mais encore le rapport précise-t-il qu'une perte progressive de mémoire serait indirectement la cause de cette soudaine folie.

— Indirectement ?

— Selon Investigator, l'amnésie de ce peuple serait due à l'enlèvement de leur princesse Esyl, récemment kidnappée par le souverain redoutable et sanguinaire d'un peuple ennemi : le roi Balak.

— Résumons-nous, réfléchit Blade à haute voix. Une princesse disparaît, son peuple perd la mémoire et tombe dans la sauvagerie... cette Esyl serait-elle détentrice de la mémoire de son peuple ?

— C'est ce qui ressort du rapport d'Investigator, acquiesça le vieux savant. Les jours d'Amnesiah deviennent de plus en plus sombres. Son humanité plonge dans la bestialité. Il faut vite stopper ces massacres. Très vite même. Le relevé des ordinateurs signale une accélération graduelle du temps de la dimension à explorer, par rapport au nôtre. Comme si l'amnésie du peuple de cette dimension en contractait le temps. D'où l'urgence. J'ai donc décidé de vous translater dans un temps futur de cette dimension. Ainsi, avec un peu de chance et si mes calculs sont exacts, vous tomberez juste au moment adéquat.

— De plus en plus passionnant, railla Blade. J'espère que vos calculs sont justes. C'est tout ?

— C'est tout, grinça Lord L.

Il détestait qu'on mette ses calculs en doute.

— Maintenant, jeta encore le savant avec un brin

d'acrimonie, à vous de jouer. Votre mission consiste à localiser la princesse Esyl, à l'arracher des griffes sanguinaires de Balak et à la ramener saine et sauve à son peuple.

Le briefing terminé, Blade passa au vestiaire. J l'accompagna. Et Lord Leighton ne tarda pas à les rattraper.

— J'oubliais. Un... « petit ennui ».

Il détourna son regard délavé, avoua enfin :

— L'ennui... c'est qu'à Amnesiah et aussi loin que remonte la mémoire, personne n'a jamais pu découvrir où était le territoire du roi Balak.

— Comment ça ?

— Je viens de vous le dire, s'énerva Lord Leighton en grinçant davantage. Avant de retrouver Esyl, il vous faudra d'abord localiser le royaume de Balak. Bien sûr, si les indications d'Investigator sont justes, personne ne pourra vous aider. Et la dimension d'Amnesiah semble immense. Alors, bonne chance.

Blade soupira, demanda :

— Ce sera tout, monsieur ?

Lord L. hocha sèchement sa tête blanche, exécuta un demi-tour en règle avec dérapage contrôlé, disparut dans la salle des ordinateurs.

— Votre mission ne sera pas de tout repos, souligna J. Soyez prudent.

— Je ferai comme pour moi...

Blade était l'agent préféré de J. Un peu le fils qu'il n'avait jamais eu. De plus, il était le seul citoyen britannique à supporter les terribles effets de la translation. Il était donc logiquement aussi l'agent le plus précieux du royaume.

Blade passa au vestiaire, troqua son smoking contre

la classique tenue de ses missions... un simple pagne. Lord Leighton, conservateur de vieux principes, n'aurait jamais admis la nudité de Blade dans les couloirs du labo, fût-il le seul à la remarquer.

Un instant plus tard, son corps d'athlète enduit de la nauséabonde pommade, Blade pénétra dans la cabine de translation. Lord Leighton posa le casque hérissé d'électrodes sur la tête du voyageur interdimensionnel, lui fixa de minuscules ventouses un peu partout sur la peau en grimaçant sous l'effroyable odeur. Il avait beau être un génie, la pommade sentait toujours aussi mauvais.

Quelques secondes plus tard, emprisonné dans sa cage métallique, Blade croisa le regard inquiet de J. Son patron lui adressa un dernier signe d'encouragement. Blade ferma les yeux et comme chaque fois qu'il devait affronter la terrible translation, son cerveau se vida. Prêt pour la plus formidable, la plus redoutable aussi, des expériences humaines.

Devant les consoles du grand computeur central, Lord Leighton guettait déjà ses instruments. L'attente dura un temps qui parut une éternité à J, mais dans sa cage, Blade ne bronchait pas. Déjà ailleurs. Soudain, la main décharnée de Lord L. s'abattit sur le fatidique levier rouge et tous les voyants de contrôle de l'immense salle se mirent à clignoter fébrilement.

Et l'enfer commença.

Un ronronnement grave emplit le labo. Très vite, Blade ressentit de profondes vibrations. Il eut d'abord l'impression que tout son corps allait se disloquer. Puis, graduellement, le son remonta vers l'aigu. A la limite de l'ultrason. C'était à hurler. En même temps, des milliers de piqûres vrillaient sa chair. Sous les innombrables décharges électriques qui le taraudaient, Blade sentit sa peau se déchirer. Eclater. Ses entrailles se tordre. Il eut l'impression que ses tympans avaient soudain éclaté sous l'effet insoutenable de l'intensité sonore. Sa vue se brouilla, sa peau se mit à transpirer du sang. Le tourbillon interdimensionnel l'emportait. Son être l'abandonnait sans qu'il pût en maîtriser la moindre parcelle. Il se sentit défaillir. Son corps explosa en un magma de chair, d'os et de sang. Ses entrailles se dispersèrent dans l'immensité absolue.

Et puis, d'un coup... plus rien.
Le vide sidéral, le froid du néant.

CHAPITRE III

De violents coups de bélier, du bois qui éclate sous le choc et soudain, les hurlements d'une femme. Et puis des cris. Confus, décousus :
— Attrapons la femme !
— Lâchez-moi... Au secours !
— ... tue l'autre...

Blade comprit tout de suite que ces paroles préludaient son arrivée sur Amnesiah. Grâce à l'inducteur mnémonique des ordinateurs du Projt DX, il en assimila presque aussitôt le sens. La situation semblait grave. Lorsque les effets de la translation se furent en partie estompés, Blade s'aperçut qu'il se trouvait dans un lit. Aux coups de pied qu'il reçut dans les côtes il s'aperçut aussitôt qu'il n'y était pas seul. Il tenta de bouger, mais un amas de toiles l'ensaucissonnaient. Malgré son mal de tête lancinant, il ouvrit les yeux. Trois hommes dépenaillés venaient de faire irruption dans la pièce. En un éclair, deux des brigands s'étaient emparés de la femme. Surprise dans son sommeil, celle-ci se débattait, cherchant à échapper aux griffes de ses agresseurs qui tentaient de l'arracher à son lit. La malheureuse gesticulait, cognait, mordait, hurlait à s'en faire éclater les veines.

Encore tout étourdi du choc de la translation, Blade voulut aussitôt intervenir.

— Tue l'époux ! Tue-le ! aboya l'un des brigands.

Blade réalisa que l'époux en question ne pouvait être que lui. Malgré sa faiblesse et animé par un furieux instinct de conservation, il se libéra énergiquement des toiles, balayant rapidement la pièce du regard. Il faisait nuit. Mais dans le clair-obscur d'une lueur vacillante venue de la fenêtre béante, Blade identifia ce qui pouvait passer pour une chambre. Un lit de coussins, un gros coffre ouvert dans un angle de la pièce, des murs blancs et un sol inégalement dallé. C'est alors qu'il vit avancer vers lui une masse énorme. Un colosse en haillons. Deux mètres de haut, le crâne rasé, le sourcil bas. Sans avoir le temps de réagir, Blade reçut les deux poings réunis de l'inconnu sur le crâne. Ses vertèbres craquèrent et il s'effondra de nouveau sur le lit. Groggy. Mais il lui restait encore assez de lucidité pour maudire le Projet DX de ne pas savoir mieux choisir les lieux de ses rematérialisations. Il ne lui avait pas été accordé trente secondes pour se remettre des effets translatoires. Son corps endolori le faisait encore atrocement souffrir. Feignant l'évanouissement, il en profita pour récupérer un peu. Mais on ne lui en laissa guère le temps. Du coin de l'œil, il vit fondre sur lui la masse du colosse. Blade roula instinctivement de côté, évitant ainsi la lame meurtrière d'un poignard qui se planta dans les coussins.

Jetée au bas du lit, la femme hurlait de plus belle. Les deux autres brutes l'envoyaient violemment de l'un à l'autre, arrachant à chaque passage un morceau de sa chemise déjà en haillons. Elle tenta une échappée vers la porte. Peine perdue. L'une des brutes la tira par les cheveux, dans un rire sardonique. Elle chancela, tomba en arrière. La suivant dans son mouvement, l'un des affreux s'écroula sur elle, lui bloqua les bras écartés avec ses genoux tandis que son complice s'affalait sur elle.

S'arrachant au confort discutable de son état, Blade se redressa, plongea à son tour, assenant à la deuxième brute un magistral coup de pied dans la figure. Mais l'autre semblait bâti dans la pierre. Il accusa le coup, s'ébroua, se releva d'un bond en crachant quelques dents. A cet instant, le colosse fondit de nouveau sur Blade et le saisit à bras-le-corps. Blade prit appui sur lui et, dans la foulée, balança ses deux pieds joints entre les jambes du violeur. Plié en deux, ce dernier s'écroula comme une masse en laissant échapper une série de gémissements sourds. Etendu pour le compte.

Mais de son côté, le colosse n'avait pas lâché prise. Blade tenta un coup de tête, l'autre ne broncha pas. Ramenant alors ses talons vers l'arrière, il lui rabota un peu les tibias. Cela suffit au moins à lui faire relâcher son étreinte. Aussitôt, réunissant ce qui lui restait de forces, Blade frappa des coudes. L'un d'eux atteignit son but. Le plexus solaire. La brute poussa un étrange soupir rauque, recula en lâchant Blade. Aussitôt, ce dernier se libéra, frappa derechef. Du pied. Et au même endroit. Le colosse battit des bras, recula encore et, le regard vacillant, il se mit à cracher le sang, avant de s'écrouler d'une masse sur son complice déjà KO.

Quant au troisième larron, il n'avait pas perdu de temps. Il avait pris la place du deuxième entre les jambes de l'inconnue et l'étranglait convulsivement en ouvrant son gros pantalon de toile grise. Cherchant déjà sa voie vers le ventre offert. Malgré l'étranglement, la femme criait et ruait sous lui, ce qui semblait encore l'exciter davantage. Comme il allait enfourner sa pogne entre leurs deux corps pour guider son premier assaut, Blade l'attrapa par le col. Il l'arracha d'une puissante traction, le fit pivoter, lui envoya son poing en pleine face. Cela fit un bruit à la fois sourd et sec et le violeur grogna comme un fauve pris au piège. Arcade sourcilière éclatée, aveuglé par le sang qui coulait, il tenta une riposte. Mais cette fois, une lame brillait dans son poing. Blade l'évita juste à temps, sentit une légère brûlure à la joue droite. Simple estafilade qui déclencha sa colère. Il frappa encore, rencontra un menton, un foie, un ventre. Mais l'autre tenait toujours bon. Affolé, il fouettait l'air de son arme. Blade esquiva encore, balaya le bras armé d'un revers de poignet, lança son pied. En plein plexus. Dans le même temps, par un étonnant tour de passe-passe qu'il avait mis au point depuis longtemps, le poignard avait changé de main. Alors, devançant une attaque désespérée de l'adversaire, il frappa encore.

Avec le poignard.

Le violeur poussa un grognement bref, recula en se tenant le ventre. Entre ses doigts crispés, le sang fusait à gros bouillons.

Un instant plus tard, il tombait lentement au sol. Il fut agité de tremblements, ouvrit la bouche comme pour dire quelque chose, mais le sang l'étouffait et il se laissa aller en arrière en fixant le toit de branches d'un regard déjà vide.

Presque mort.

Blottie à terre, dans un angle mort de la chambre, la femme ne bougeait pas.

— Ça ira ? demanda Blade.

En fait de femme, il s'agissait d'une toute jeune fille. Choquée. Il dut répéter sa question pour qu'elle se décide enfin à hocher la tête. Ses yeux hagards semblaient vouloir lire en lui pour mieux comprendre le drame qui la frappait. Avisant sa nudité, Blade alla fouiller le grand coffre, y trouva quelques vêtements de toile grise, dont trois combinaisons identiques, aux pantalons très larges. Il en tendit une à la fille.

— Enfile ça, dit-il. Et ne restons pas là.

Lui-même avait déjà achevé le boutonnage de la combinaison qu'il s'était choisie. A la femme qui s'habillait avec des gestes mous, il demanda :

— Quel est ton nom ?

— J'ai... J'ai oublié.

— Bon. Nous verrons ça plus tard. Partons d'ici.

Pressé, il achevait à présent d'enfourner quelques effets dans un baluchon. Comme si elle prenait soudain conscience de l'urgence, la fille s'affaira aussitôt, remplissant à son tour un ballot avec divers ustensiles domestiques. Blade tenta de lui faire comprendre que cela les encombrerait, mais la fille ne voulut rien savoir. Agacé, il lui confia les vêtements, balança le ballot ferraillant sur son épaule. Puis, sans lui demander son avis, il saisit le bras de la fille, l'entraîna hors de la chambre. Elle le suivit sans résistance et, dans la lumière des incendies entrant par les fenêtres fracassées, Blade l'observa mieux. Un visage juvénile, un teint livide, des cheveux emmêlés. Une enfant malade d'effroi.

Soudain, alors qu'ils traversaient une salle plus

grande où tout avait été saccagé et où les restes d'un feu éclairaient le fond d'un âtre, ils tombèrent en arrêt devant des formes recroquevillées à terre. La jeune fille hurla d'horreur, lâcha son baluchon, recula en se mordant les poings. Sur la dalle froide et dans une mare de sang gisaient trois cadavres. Gorges tranchées. Blade prit la jeune fille contre lui et elle éclata enfin en sanglots.

— Ils... ils ont massacré les miens ! gémit-elle. Ils avaient déjà pris ma sœur et mon autre frère ! Et voilà qu'ils ont aussi massacré ma mère, mon père et mon dernier petit frère !

Terrassée par le chagrin, elle s'était écroulée près des corps et gémissait doucement comme un animal blessé. Blade attendit un peu, puis dut la forcer à se redresser pour le suivre. Un instant plus tard, ils émergeaient dans une ruelle aux murs blancs où des ombres fuyaient au hasard. Des flammes jaillissaient par plusieurs fenêtres et des hurlements s'élevaient un peu partout. Hagarde, la jeune fille se laissait maintenant guider, effleurant le décor d'un regard absent. Peu après, la ruelle déboucha sur une voie plus importante, où des gens se battaient sauvagement. Tout un pâté de constructions brûlait et des cavaliers aux uniformes en lambeaux passaient en trombe, renversant tout sur leur passage et taillant dans la masse hurlante à grands coups de sabre. Blade repoussa la jeune fille dans l'ouverture béante et sombre d'une porte arrachée. Voyant qu'elle semblait mieux, il interrogea :

— Où sommes-nous ? Quel est le nom de cette cité ?

La jeune fille secoua la tête plusieurs fois, semblant s'abîmer dans un gouffre de réflexion. Puis, redressant soudain la tête, elle lâcha d'une traite :

— Epsylah ! Oui, c'est ça ! Epsylah ! Enfin... je crois.

— Il nous faut trouver un refuge pour attendre le jour. Un endroit sûr. Peux-tu m'aider ?

— Je ne sais pas. Je... Je m'y reconnais mal.

Elle semblait faire des efforts désespérés pour essayer de se souvenir. Ainsi, les indications d'Investigator à propos d'amnésie collective semblaient se confirmer. Il était bien à Amnesiah.

— Te souviens-tu d'Esyl ? hasarda encore Blade. La princesse Esyl, votre souveraine...

— Qui est Esyl ? Et toi étranger, qui es-tu ?

— Je m'appelle Blade. Et toi ?

— Je ne sais pas. Je ne sais plus !

Elle avait levé le visage vers lui et pour la première fois, grâce aux lumières des incendies, il put vraiment capter son regard. Clair et beau, avec tout au fond des prunelles une expression égarée. Pourtant, à cet instant, une lueur y brilla fugitivement et elle déclara :

— Tu ne ressembles pas aux Tasks. Tu es bien plus beau et ta peau est comme celle des Amnèses. D'où viens-tu ?

— De très loin, du Royaume d'Angleterre, éluda Blade, remettant les explications plus détaillées à plus tard. Essaie de te souvenir. Il nous faut une cachette sûre.

— Oui, oui, dit-elle en hochant vigoureusement la tête. Oui, un endroit sûr.

La rue s'était soudain vidée et seuls les cadavres jonchaient la chaussée pavée. Blade entraîna la jeune fille. Ils débouchèrent sur une grande place où les incendies faisaient rage et où des groupes de pillards se massacraient allégrement en se disputant leurs rapines.

D'un peu partout des lamentations montaient vers le ciel rouge de la nuit. Blade et sa protégée passèrent leur chemin sans trop se faire remarquer. Evitant les écroulements des poutres enflammées, ils enjambèrent des cadavres, glissèrent dans des mares de sang. La place était finalement beaucoup plus grande que Blade ne l'avait cru et, prudent, il ramassa un sabre abandonné. Secouant doucement sa compagne, il se fit pressant :

— Essaie de te souvenir. N'y a-t-il pas un endroit où l'on puisse se cacher ?

De nouveau, la jeune Amnèse s'abîma dans ses pensées, avant de s'écrier :

— Le Temple. Le Temple !

— Oui, acquiesça Blade. C'est ça. Un temple fera sans doute l'affaire. Peux-tu nous y conduire ?

— Non.

— Mais pourquoi ?

— C'était ma cachette secrète... Quand j'étais petite. Mais je... je ne sais plus comment y aller.

— Essaie ! insista Blade. Essaie de te rappeler. Il y va de notre vie.

— J'essaie mais... de quoi veux-tu que je me rappelle ? demanda soudain naïvement l'adolescente.

La perte de mémoire des Amnèses gagnait visiblement. Le temps pressait.

— Ton endroit secret... celui où tu jouais, reprit Blade en s'efforçant d'employer des mots clés, était-il loin d'ici ?

La jeune fille fouilla encore sa mémoire. Soudain elle pointa un doigt vers l'autre côté de la place.

— Par là. Par là ! Je me souviens ! Le Temple !

— Allons-y, décida Blade.

— Temple ! Temple ! répéta encore la jeune fille comme un leitmotiv.

En la poussant en avant, Blade grommela :

— Si on s'en sort, je t'appellerai Temple.

Ils s'élancèrent, traversèrent toute la place, enfilèrent une rue étroite qui montait. Presque sur chaque devant de porte s'amoncelaient des cadavres horriblement mutilés. Sous un porche s'entendaient les râles bestiaux d'une orgie. La jeune fille tenait Blade par la main, le conduisant à travers un dédale de venelles aux murs encore blancs. Soudain le couple déboucha sur un patio en cul-de-sac.

— Je... je suis perdue, avoua la jeune fille désolée.

— Essaie de te souvenir ! Essaie encore !

Tandis qu'elle réfléchissait une ombre surgit devant eux. Un homme presque nu, bras tendus devant lui et vomissant son sang. Il fit encore trois pas dans leur direction, s'écroula à leurs pieds, une hache plantée dans le dos.

« Temple » étouffa un cri et Blade dut encore la pousser pour avancer. Ils marchèrent longtemps à travers la ville dévastée. Suivant son instinct, il guidait la jeune Amnèse dans les ruines fumantes. Il cherchait un détail, une maison qui pût lui redonner une lueur de mémoire.

— Regarde bien cette fontaine. Et ce dôme, là-bas, ça ne te dis toujours rien ?

— Non.

Soudain, au détour d'une placette où des gens se battaient à coups de couteau, un autre dôme plus important et recouvert d'une matière dorée apparut par-dessus les terrasses en feu.

— Et ça ! s'exclama Blade. N'est-ce pas le temple que tu cherches ?

La jeune Amnèse leva les yeux et un éclair de joie y fulgura.

— Oui ! oui ! s'exclama-t-elle alors. Oui ! Le Temple !

Blade l'entraîna et ils débouchèrent sur une autre place, beaucoup plus grande, sur laquelle s'élevait effectivement un bâtiment majestueux en marbre blanc. Une foule hurlante de femmes et d'enfants essayait d'y pénétrer, tandis qu'un peu partout, les hommes se massacraient entre eux. Comme si sa mémoire revenait subitement, Temple s'écria :

— Sur le côté, par cette ruelle. Viens !

Une amorce de sourire illuminait pour la première fois son visage. Blade la suivit.

— Allons-y vite.

Ils s'étaient élancés et avaient presque traversé la place en évitant les combats quand, soudain, quatre cavaliers en haillons surgirent devant eux.

— Les soldats du prince ! s'écria Temple.

Les quatre gardes, arbalète au poing, les encerclèrent aussitôt.

— Jetez votre butin à terre, sales pillards ! vociféra celui qui semblait être le chef de la patrouille.

— Nous ne sommes pas des pillards, tenta d'expliquer Temple. Nous...

— Silence !

Menaçant Blade de son arbalète, le soldat renouvela son ordre. Blade ne broncha pas.

— Jetez vos ballots. Et aussi ce sabre. A Epsylah, les pillards de votre espèce sont pendus haut et court ou tués sur-le-champ. Vous le savez.

— Non ! tenta de s'interposer la jeune Amnèse. Nous ne sommes pas des pillards. Cet homme vient de très loin ! Il m'a sauvé la vie. Ma famille a été massacrée et...

Elle n'eut pas le temps d'en dire davantage. L'un des cavaliers la repoussa d'un coup de botte et elle tomba en lâchant son ballot. Comme dans un cauchemar, Blade vit alors le « chef » relever son arbalète pour la pointer sur lui. Juste à l'endroit du cœur. Puis il vit son gros doigt enfoncer la détente et il y eut un bruit sec et bref.

Un bruit hideux. Celui de la mort.

CHAPITRE IV

A l'ultime fraction de seconde et dans un pur réflexe de défense, Blade s'était servi de son ballot de « rapines » comme d'un bouclier. Le trait siffla, s'enfonça droit dans la toile molle. Sans traverser. Il avait buté dans quelque chose de dur. Blade bénit Temple d'avoir insisté pour emporter ses trésors. Mais déjà, à côté du chef des cavaliers, un second soldat s'apprêtait à détendre son arbalète. Avant qu'il n'en ait eu le temps, Blade se déchaîna. Il projeta son ballot dans la figure de ce dernier, le désarçonna. D'un élan, il bondit entre les deux cavaliers, enfonça son sabre dans la poitrine de l'homme à terre qui tentait de pointer sur lui son arbalète et après une fulgurante volte-face il en décapita le deuxième. Le corps lourd s'effondra, répandant des flots de sang sur les pavés. La tête roula plus loin, hideuse, perdant son casque, échevelée. Au même instant, deux autres arbalètes se baissèrent vers Blade. Il frappa encore, tua de nouveau. Dans les hennissements sauvages des montures affolées, il attrapa Temple sous les aisselles, la hissa sur un cheval, bondit en croupe et tenta une « sortie ». Sans succès. Des renforts arrivaient. Blade coucha Temple sur l'encolure de l'animal. Un trait siffla à ses oreilles, un autre se ficha dans le garrot du cheval qui se cabra violemment. Désarçonnés, Blade et Temple roulèrent à terre. A peine Blade se relevait-il qu'un sabre brilla devant ses yeux. L'œil mauvais, hurlant de haine, un soldat levait sa lame sur lui. Dans un réflexe, Blade bondit, l'attrapa par sa ceinture, l'arracha de la selle. Ils roulèrent au sol, mais Blade fut sur pied le premier. Bien campé sur ses jambes puissantes, face au soldat, il brandit son arme au-dessus de sa tête. D'un geste dissuasif, il la fit tournoyer. Rouge de sang, l'acier meurtrier fouetta l'air. Deux autres cavaliers arrivaient à la rescousse. Blade balança son sabre dans les jarrets du premier cheval. Celui-ci s'affala, entraînant le second dans sa chute. A terre, les trois gardes se ruèrent avec ensemble. Blade accepta le combat. Il n'avait pas le choix.

A genoux par terre, Temple observait la bataille. Le cœur serré, elle tremblait pour son sauveur. Ameutés par le bruit, des Amnèses excités avaient fait cercle autour d'eux. D'abord en observateurs. Mais très vite emportés par l'ambiance meurtrière, leur folie du sang reprit le dessus et les massacres recommencèrent. Très vite, le parvis fut transformé en abattoir public.

Blade redoublait d'énergie. Les muscles bandés, il interceptait sans relâche les attaques de ses assaillants. Mais malgré ses efforts, il voyait peu à peu se resserrer l'étau sur lui. L'adversaire était plus redoutable qu'il ne l'avait évalué. Dans une accalmie, les trois soldats tournèrent doucement autour de Blade. Pour la curée. Encore sous le coup de sa translation, il était épuisé.

Les quatre hommes se trouvaient à présent au pied des marches du temple. Visiblement, l'adversaire tentait de l'acculer. Aussi, dans un effort désespéré, Blade bondit hors de portée, se hissa en haut des marches. Là, dominant l'ennemi, le sabre tendu devant lui, il essayait de récupérer. Soudain, une femme quasi nue se jeta vers lui en riant comme une folle. Du sang plein le visage et la poitrine, elle tendait les mains dans un geste d'invite vulgaire. Blade la repoussa, évita l'attaque d'un sabre qui fondait vers sa gorge en se baissant. La lame siffla dans l'air et la femme quasi nue cessa de rire. Gorge tranchée net, elle recula en battant des bras et s'écroula sur les marches, tandis que sa tête roulait tout en bas. Entre les jambes des chevaux. D'un mouvement rapide, Blade ploya les genoux, esquiva une deuxième lame, puis, comme un ressort il se releva, tua un soldat en lui plantant sa lame en plein cœur et faucha l'arme du suivant.

Mais un autre surgissait déjà.

Blade vit un éclair d'acier fulgurer vers son visage. Il esquiva encore, frappa de nouveau. Mais, fatalité, il glissa dans une flaque de sang, n'eut pas le temps de se rattraper. Les soldats se précipitèrent sur lui. Pointant leurs sabres vers sa gorge. Blade voulut se relever, mais une arbalète s'abaissait vers lui. Le soldat qui semblait avoir repris le commandement de la troupe ricana méchamment.

— Tu es fait, pillard ! Lâche ce sabre.

Blade dut obéir. Le garde rit de plus belle, hurla :

— Je vais te tuer !

Blade avait du mal à respirer. Dans ses poumons l'air le brûlait et plusieurs pointes de lames piquaient sa chair, l'empêchant de bouger. Il ne pouvait plus rien. Les hurlements et les lamentations alentour sonnaient faux dans sa tête. Epuisé, aveuglé par la sueur, il cherchait désespérément de l'air.

— Vengeons notre chef ! hurla un garde.

Celui-là avait au moins conservé sa mémoire. Comme il sentait déjà pénétrer les lames d'acier dans sa chair, Blade vit fondre sur ses adversaires la masse sombre d'un colosse hurlant. Un géant à la peau sombre, le crâne rasé simplement surmonté d'une natte noire. Saroual rouge et large ceinture de cuir noir, le monstre empoigna un garde dans chaque pogne et les envoya valser derrière lui. Profitant de l'effet de surprise, Blade s'arracha du sol, bondit, récupéra son sabre et le planta dans l'abdomen du premier soldat. La partie aurait été gagnée si une demi-douzaine de cavaliers n'avait soudain surgi sur la place. Ils virent le carnage, se précipitèrent à la rescousse et le combat reprit de plus belle. Le colosse, sorti d'on ne sait où, frappait comme un sourd. Un de ses poings tombait sur les crânes avec une régularité de métronome, tandis que de l'autre main, il enfonçait son sabre au gré des panses et des gorges offertes. Sans joie ni haine. Une force de la nature qui se contentait de tuer. A son tour, Temple se jeta dans la bataille. Elle sauta à califourchon sur le dos d'un assaillant, assenant coups de poing et de pied, arrachant des touffes de cheveux. Réussissant à en envoyer un autre au sol, elle lui administra un royal coup de pied au bas-ventre, le laissant sur le carreau. Sous ce déferlement de coups, le gros de la troupe se trouva vite en difficulté. Blade en profita pour pousser son avantage et bientôt, les deux soldats qui restaient furent assaillis par une foule excitée. Entraînant ses nouveaux amis, Blade s'élança comme un boulet à travers la foule hurlante et ils s'enfoncèrent dans le lacis des ruelles.

Une courette où seul un couple déchaîné copulait à

même le pavé leur permit de reprendre leur souffle. Temple n'en pouvait plus et Blade était à bout de souffle. Mais le colosse semblait en pleine forme. Malgré quelques estafilades, Blade n'avait rien. Il disciplina sa respiration, récupéra enfin ses forces, puis, s'adressant au colosse, il lança :

— Merci. Sans ton aide, nous étions morts.

— Ils sont tous devenus fous, gronda l'étrange personnage. Je n'y comprends rien.

— Mon nom est Blade, se présenta ce dernier par-dessus le concert de halètements et de cris bestiaux du couple encore affairé derrière eux, Richard Blade d'Angleterre. Et toi ?

Le colosse hésita, finit par lâcher :

— Je ne sais pas.

C'était gai ! Blade soupira, décida :

— Je t'appellerai Brute. C'est ça, Brute. Elle, c'est Temple, acheva-t-il en désignant la jeune Amnèse. Ils ont massacré sa famille. Si je suis tué, tu la protégeras.

— Bon, dit seulement le colosse. C'est comme tu veux.

Blade risqua alors un regard dans la ruelle. Juste au moment où un corps balancé d'une invisible fenêtre s'écrasait à ses pieds dans un bruit sourd. Affreux. Derrière lui, le couple copulant hurlait de plus belle. Blade enjamba le défenestré et ordonna :

— Filons d'ici.

— Pour aller où ? demanda Temple épuisée.

— Il faut entrer dans le temple. Trouver ta cachette. C'est notre seule chance.

Le colosse fit entendre sa voix. Rauque, très grave.

— Les gardes... Des gardes partout... déclara-t-il sur un ton monocorde.

— Tu veux dire, même dans le temple ? questionna Blade.

— Partout... se contenta de répéter la brute.

Blade ne put en tirer davantage. Quittant l'abri sous sa direction, leur petit groupe dévala un dédale de rues étroites. Ils évitèrent des brasiers fumants qui barraient en partie le passage. Des cadavres calcinés répandaient une odeur nauséabonde. Bientôt, les habitations s'espacèrent. La cité s'achevait là. Au-delà des remparts, un lointain cordon de lumières vacillantes cernait la ville.

— Les soldats ! s'exclama Temple. Les soldats !

L'armée d'Epsylah.

— Ils massacrent les fuyards, lâcha la brute de sa voix rauque. On ne passera pas.

De loin, Blade voyait effectivement les massacres. Hommes, femmes et enfants se voyaient coupés de toute retraite et tués sur place par une armée complètement folle. Blade secoua la tête.

— Tu as raison, dit-il au colosse. On ne passera pas. Il faut retourner au temple.

— Le temple ? s'étonna la jeune Amnèse.

Comme un perroquet, le colosse répéta :

— Le temple ?

Sans insister, Blade prit Temple par la main, l'entraîna à travers les rues. Comme un animal fidèle, mais un sabre dans chaque main, le colosse suivait.

Une fois de plus, ils enjambèrent des cadavres. Contournèrent des incendies, esquivèrent des coups perdus, passèrent de l'obscurité des ruelles épargnées par le feu à la lumière éblouissante des brasiers. A bout de force, ils gagnèrent enfin l'arrière du temple. Une foule délirante essayait toujours d'y pénétrer. A moins d'un massacre, ils n'y parviendraient pas davantage. Soudain, Blade avisa un soupirail muni d'une grille. D'un coup de pied, il testa la résistance de cette dernière. En partie descellée par l'usure, elle avait légèrement tremblé. Il s'arc-bouta sans succès, la désigna au colosse :

— Il faut arracher ça, Brute. C'est notre seule chance.

L'intéressé acquiesça d'un grognement, empoigna les barreaux et tira. D'abord, la grille résista, puis, d'un coup, elle céda en emportant quelques gravats avec elle. Déjà, Temple s'était précipitée dans l'ouverture et Blade la suivit aussitôt. Pour Brute, ce fut un peu plus difficile, mais son énorme carcasse parvint enfin à se glisser à leur suite. Ils débouchèrent derrière une colonne de statues étranges. Au-delà, une foule en délire se livrait aux pires orgies.

— La crypte ! cria soudain la jeune fille.

L'entrée dans le temple semblait avoir quelque peu réactivé sa mémoire. Elle indiquait un point à l'opposé de l'immense salle. Péniblement, le petit groupe dut se frayer un chemin dans la foule hurlante. Au fond de l'immense nef ronde, Blade devina un grand autel. Vautrés dessus, des hommes et des femmes se livraient aux orgies. Dans la lumière fumeuse des torches, ce déchaînement prenait des allures de légendes païennes. Derrière l'autel, une sorte de chapelle. Plus calme. Se glissant tant bien que mal à travers la foule en folie, le trio s'y réfugia. Il n'y avait là que quelques corps enchevêtrés. Endormis. Blade rafla une torche au passage.

— Par ici ! s'exclama encore Temple. Par ici !

Elle désignait une porte fermée. Déjà, Brute s'était

élancé. D'un violent coup d'épaule, il fit sauter la serrure et ils se retrouvèrent dans une cour. Ou plutôt une sorte de cloître. Avec des arcades tout autour. Sous chaque arche s'ouvrait une petite chapelle. Sans doute réactivée par l'atmosphère du lieu la mémoire de Temple reprit sa fonction.

— C'est la cour des chapelles ! déclara la jeune fille. C'est la cour des chapelles !

— Tu reconnais cet endroit ? demanda aussitôt Blade mettant à profit cette bribe de lucidité.

— Oui. Ce sont les chapelles de nos dieux.

Au-dessus de chaque porte se dressait en bas-relief une effigie à la gloire du dieu adoré. Blade reconnut celui de la pluie, de la fertilité, du vent, le dieu du soleil et bien d'autres. Un nombre incalculable.

— Ta cachette, pressa Blade. Il faut retrouver ta cachette.

— Oui, ta cachette, répéta le colosse d'un air débile. Il faut la trouver.

— Oui ! Oui ! dit encore Temple. Ma cachette !

Avec ces deux-là, Blade n'était pas fauché. Il allait encore insister quand, la jeune Amnèse s'exclama :

— Là ! Là ! Je sais !

Elle se précipita dans la chapelle dédiée au vent. Blade la suivit, le colosse aussi. Jusque derrière la statue du dieu du vent. Il y faisait noir comme dans un four mais, animée par une espèce d'automatisme, Temple s'était penchée vers le socle de la statue. Sans hésiter, elle se livra alors à une série de manipulations mystérieuses et soudain, un pan du socle bascula, découvrant un rectangle noir. Blade engagea la torche dans l'ouverture, vit un escalier qui s'enfonçait sous la statue. Etroit et raide, il semblait descendre vers l'enfer.

— Venez, dit-il en s'engageant le premier. Vite.

Derrière eux la rumeur de la foule déchaînée leur rappelait le danger. Temple et Brute suivirent et comme si elle se souvenait soudain de tout, la jeune fille trouva tout de suite le mécanisme qui refermait la trappe.

Après une descente interminable, le groupe aboutit dans une petite pièce carrée aux murs entièrement sculptés d'une frise allégorique. Blade promena sa torche autour de lui. Une épaisse fumée noire s'en dégageait.

— Il n'y a aucune issue ! s'étonna-t-il. Nous ne pourrons jamais sortir d'ici !

Et pas question de faire demi-tour.

— Aie confiance, lui souffla Temple.

Confiance en qui ? En quoi ? Avec deux amnésiques en guise d'alliés...

Blade insista pourtant.

— Pourquoi nous as-tu conduit jusqu'ici, Temple ? Essaie de te souvenir.

— Je ne sais pas, gémit la jeune fille. Je ne sais plus.

Au fond de lui, Blade sentit fondre sa patience. Il ignorait comment ressortir de là. Petit et bas de plafond, ce réduit pouvait aussi bien devenir leur tombeau. Mais incapable de tirer rien de plus de ses deux alliés, il s'en remit à lui-même. A la lueur de sa torche, il se mit à palper minutieusement chaque centimètre de pierre. Sous la lueur vacillante de sa torche, les ombres s'allongeaient démesurément, emplissant la pièce d'effroyables fantômes.

Et de fumée !

Sous le jeu des ombres, les faces allégoriques des sculptures se déformaient, passant progressivement du dieu paisible au monstre le plus hideux.

— Que cherches-tu ? s'enquit la jeune fille sombrant dans un nouvel accès d'oubli.

Blade ne répondit pas. Il palpait toujours la pierre lorsque son attention se fixa sur le visage d'un personnage en particulier. Son visage était le seul à posséder les yeux en creux. Avec méfiance, Blade introduisit son index dans l'orifice oculaire droit. Rien. Il renouvela l'opération dans le gauche. Rien. Il mit les deux doigts ensemble et une poignée de poussière tomba du plafond bas. Puis avec un affreux raclement, un bloc de pierre s'ébranla devant lui et un pan de mur s'ouvrit.

Sur un souterrain.

Retrouvant l'espoir, Blade pénétra dans la galerie. Celle-ci s'enfonçait encore plus profond dans les entrailles de la terre. Apeurée, Temple s'accrocha au bras de son sauveur. Brute, lui, suivit, un petit sourire simplet sur sa figure grossière. Eboulé par endroit, le souterrain descendait toujours. Sur ses gardes, la torche en avant, Blade avançait vers l'inconnu.

Une odeur de moisi planait, écœurante. Il fallait avancer.

Soudain, un roulement sourd emplit la galerie. Des pierres se mirent à tomber. Temple poussa un hurlement et Blade cria :

— A terre !

Puis il plongea sur Temple pour la couvrir de son corps.

Réflexe bien inutile. Dans un grondement épouvantable, des tonnes de terre, de roches et de débris divers croulaient sur eux.

La galerie s'effondrait. Ils allaient mourir.

CHAPITRE V

Un gémissement sourd arracha soudain Blade à son inconscience. Assommé presque tout de suite, il avait plongé dans un gouffre noir et insondable. D'abord, il se demanda s'il était mort, puis la douleur vint et il se dit qu'il était sûrement encore vivant.

Pour combien de temps ?

Il souffrait d'un peu partout et sa tête semblait sur le point d'éclater. Un nouveau gémissement, juste au-dessous de lui, le ramena complètement à la réalité. Il se souvint alors du grondement sourd dans la galerie, de l'éboulement, de Temple sur laquelle il avait plongé pour la protéger. Machinalement, il voulut se relever. Mais une masse le clouait littéralement au sol. Le poids de la terre et des cailloux l'écrasait. Retrouvant peu à peu ses sens, il eut la désagréable sensation que la terre glissait dans ses oreilles. Sa respiration s'accéléra, entraînant la suffocation. Très vite, il dut la maîtriser pour ne pas s'étouffer. Réduite au minimum. Blade comprit. S'il respirait encore ce devait être grâce à une poche d'air miraculeusement préservée autour d'eux. Il ouvrit les yeux, ne vit évidemment rien. Des grains de terre sablonneuse s'infiltrèrent sous ses paupières. La brûlure qui suivit lui fit refermer les yeux. Machinalement, il voulut les frotter, mais ses mains étaient prisonnières. Comme tout le reste de son corps.

— Temple ?

A peine si sa voix avait résonné dans le silence lourd. Un instant, Blade sentit la panique monter en lui et il dut lutter pour se raisonner. Il fallait réagir. Il ne voulait pas mourir de cette manière. Ni d'une autre. Il devait s'en sortir à tout prix. Regroupant le peu de forces qui lui restait, il gonfla au maximum sa cage thoracique, bloqua sa respiration et banda tous ses muscles. Au bout de quelques tentatives, au bord de l'asphyxie, il réussit enfin à dégager une main. Puis un bras. Impossible de crier, d'appeler Brute à son secours. Ça n'aurait fait que limiter son sursis. D'ailleurs lui non plus n'avait entendu aucun appel. Peut-être Brute était-il déjà mort...

A force de tâtonner, Blade réussit à ouvrir un trou au niveau de son visage. Un filet d'air s'infiltra dans la petite cavité. A hurler de joie. Malgré l'odeur de moisi et l'avenir plus que sombre.

Une fois un bras et la tête dégagés de leur prison de terre, il réussit péniblement à ébranler quelques grosses pierres amassées sur son dos et à se libérer complètement. La torche avait disparu. Dans le noir absolu, Blade parvint à arracher Temple de sa gangue de terre. A tâtons, il lui tapota les joues pour la ranimer. Elle bougea aussitôt, gémit d'une voix faible :

— Mon bras ! Mon bras !
— Temple.. Temple, ça va ?
— Mon bras !
— Tu es blessée ?
— Mon bras... je ne peux pas le bouger.

Blade redressa la jeune fille contre le mur invisible de la galerie et elle gémit de nouveau. Il la palpa, trouva le bras qu'elle soutenait de son autre main et elle cria quand il toucha son coude. Déboîté.

— Ne bouge pas, souffla-t-il. Je reviens.

— Non ! Richard Blade ! Ne me laisse pas !

Voilà qu'elle se souvenait de son nom.

L'abandonnant momentanément à son sort, Blade essaya de trouver Brute. Toussant et crachant, il se mit à fouiller autour de lui.

— Brute !

Le silence.

— Brute ! Réponds !

— Il est mort, souffla la voix geignarde de Temple. Et nous allons mourir aussi.

Encourageant !

— Brute !

Il lui sembla percevoir un léger bruit sur sa droite et il déplaça ses mains pour écarter des éboulis. Soudain, quelque chose de mou et de chaud frémit sous ses doigts et, sans souci d'éventuels éboulements, il se mit à fouiller de plus belle et faillit crier de bonheur quand il parvint enfin à tirer le corps du colosse vers lui. Un corps qui recommençait à bouger. Brute grogna, toussa et cracha en grondant :

— Qu'est-ce qui s'est passé ? Qui a osé me frapper ?

Malgré la situation, Blade faillit sourire. Mais au même instant, le colosse se débattit et l'instinct de Blade l'alerta. Rapide comme l'éclair, il fit un écart, juste à temps pour éviter le coup de poing.

— Suffit, Brute ! lança sèchement Blade. Et retrouve-moi cette fichue torche.

Un autre grognement lui répondit et le colosse se

calma. Blade rampa jusqu'à Temple, tenta de la rassurer :

— Tout va bien.

Ce qui était très optimiste.

Puis, de son côté, il se mit également à chercher. La torche, bien sûr, mais autre chose aussi. Car une torche éteinte ne servait à rien et sans lumière, ils étaient paralysés.

— Je l'ai! Je l'ai! claironna Brute après un long moment. J'ai la torche!

— C'est bien, fit Blade. Ne la perds plus et attends sans trop bouger.

Il redoutait évidemment d'autres éboulements. Il avait trouvé plusieurs pierres qu'il avait soigneusement disposées près de lui. Avec un peu de chance...

Il se mit à les frapper les unes contre les autres. Sans succès. Pas la moindre petite étincelle. Il fouilla encore, trouva d'autres cailloux, les frotta entre eux. Toujours en vain. Découragé, il allait se résigner à tenter d'avancer sans lumière quand, soudain, il y eut un petit claquement sec et les premières étincelles jaillirent dans le noir.

— Oh! fit Temple près de lui. Qu'est-ce que c'est?

— Du silex, renseigna Blade. Brute, donne-moi la torche. Je vais faire du feu.

— Feu... feu... grogna Brute en s'agitant.

Comme s'il avait peur. Dans leur amnésie, ses compagnons semblaient même avoir oublié l'art du feu. Il les rassura.

— Un peu de patience. Ces silex nous rendront la lumière.

— Mais c'est de la magie! C'est le soleil qui donne la lumière. Pas les cailloux! contesta Temple.

— Il n'y a pas de magie là-dedans. Autrefois, c'était une pratique courante chez moi, expliqua Blade sans trop s'étendre.

Il se mit à frotter les pierres avec vigueur et bientôt un crépitement s'éleva, précédant d'une seconde la petite flammèche miraculeuse.

— Oh ! s'exclama de nouveau Temple.

Au même moment, la torche s'enflamma vraiment et Blade découvrit le décor.

Pas très réjouissant.

Ils étaient murés dans la galerie. A peine de quoi se retourner. L'air commençait à manquer. Il fallait sortir. Mais d'abord parer au plus urgent. Le bras de Temple. La jeune fille souffrait beaucoup. Blade s'empara de son coude et elle hurla. Brute sursauta, grogna quelque chose d'inintelligible, foudroyant Blade d'un regard menaçant. Il n'avait pas l'air d'aimer voir souffrir Temple. A croire qu'il s'y était déjà attaché.

— Ne crains rien ! lança-t-il au géant. Elle va encore crier, mais je vais la soigner.

Il planta la torche en terre, bloqua le bras de Temple et, d'un geste vif, réemboîta le coude. La jeune fille poussa un autre cri et cette fois, Brute faillit bondir à la gorge de Blade. Celui-ci l'arrêta d'un geste.

— Suffit, Brute, jeta-t-il. Temple ne criera plus.

La sueur au front, la jeune Amnèse hocha la tête.

— J'ai moins mal, déclara-t-elle, soulagée.

Blade lâcha son bras, et déclara, résolu :

— Nous devons trouver le moyen de sortir de là. Notre réserve d'air est insuffisante. La torche brûle une part de l'oxygène, nous ne tiendrons pas longtemps.

Les deux Amnèses regardaient Blade avec de grands

yeux sans comprendre la moitié de ses paroles. Il poursuivit :

— Il faut sortir de ce piège. Toi, Brute, tu vas dégager ce côté du souterrain. Aide-moi à bouger ce rocher.

Visiblement rassuré sur le sort de Temple, le colosse obéit. Utilisant sa force herculéenne, il déplaça facilement le rocher qui obstruait une grosse partie de la galerie. Se rendant compte qu'il ne pourrait que le gêner, Blade rejoignit Temple. La jeune fille leva sur lui un regard à la fois incrédule et admiratif et demanda :

— Qui es-tu donc pour savoir autant de choses ?
— Un voyageur.
— Un voyageur ? Mais d'où viens-tu donc ? Tu es si différent des hommes d'Epsylah. Quel est donc ton pays ?
— C'est très loin. Du Royaume d'Angleterre, au-delà du ciel, des étoiles.
— Serais-tu un dieu ? s'étonne la jeune fille.
— Pas précisément, sourit Blade amusé.
— Pourtant, tu sembles bien posséder des pouvoirs magiques. Comme les dieux.
— Il n'y a aucune magie. Uniquement du savoir.
— Du savoir ?... Et pourquoi es-tu ici ?
— On m'a envoyé sur Amnesiah pour aider votre peuple.
— Aider notre peuple ? Mais de quoi a donc besoin notre peuple ?
— Il lui faut retrouver sa princesse, Esyl. Tu te souviens ?
— Esyl ?

— Essaie de te souvenir, Esyl, la princesse d'Epsylah, insista Blade.

A ces mots, Brute, qui finissait d'ouvrir une brèche dans l'éboulis, se retourna brusquement.

— Esyl ! Princesse Esyl !

Ces mots clés avaient semblé éveiller en lui un soupçon de mémoire. Il répéta ces mots plusieurs fois et soudain, Blade le vit entrer dans une rage monstrueuse. Les yeux exorbités, Brute s'empara d'un énorme bloc de rocher et avança droit sur Blade et Temple, prêt à broyer tout ce qui se trouvait sur son passage. Il avança droit devant lui, comme envoûté.

— Brute, arrête ! ordonna Blade.

Mais Brute ne semblait plus reconnaître personne.

— Esyl ! Princesse Esyl !

Le colosse lança violemment le rocher. Blade ne dut son salut qu'à un écart de côté. Heureusement, dans sa colère, le monstre avait arraché le rocher qui bouchait encore la galerie. Blade attrapa Temple par son bras valide et tandis que Brute oscillait sur place en hurlant ils franchirent la brèche en courant. Devant eux, la galerie semblait intacte. Ainsi provisoirement à l'abri, ils laissèrent le monstre se déchaîner dans cette brusque flambée d'incompréhensible rage. Soudain, Temple sursauta contre Blade.

— Je me souviens !

— De quoi ? Parle Temple, parle, encouragea le voyageur.

— Brute !

— Quoi, Brute ?

— Un eunuque ! Brute est un eunuque !

— Un eunuque ? Mais quel rapport avec cette rage soudaine ?

— Ce saroual rouge... cette ceinture de cuir noir... c'est la tenue des eunuques du Palais. Une caste particulièrement dévouée à la Princesse. Ils sont fidèles jusqu'à la mort.

— Ça explique tout, réfléchit Blade. Le nom d'Esyl éveille en lui des souvenirs. Quand nous l'avons rencontré, il cherchait sans doute sa princesse. Je vais tenter de le calmer.

— Non ! Richard Blade !

Mais Blade avait déjà disparu derrière les éboulis. Pris de folie, le monstre se tapait la tête contre la muraille. Du sang coulait sur son visage brutal, se mélangeant aux larmes.

Car le colosse pleurait.

Blade posa doucement une main sur son épaule. Méfiant. Mais d'un coup, comme s'il avait oublié la raison de sa colère, Brute se laissa glisser à terre, donnant libre cours à son chagrin.

— Des flammes... des flammes partout, hoquetait-il. Pas la toucher ! Pas toucher à la Princesse !

Blade laissa parler son compagnon d'infortune. La folie semblait le gagner.

— Tous massacrés... tous... continua Brute les yeux dans le vague.

A travers ses propos décousus, Blade comprit que Brute avait pu échapper au massacre des eunuques du palais et qu'il avait longuement erré dans la cité en flammes. A présent, perdu et l'esprit altéré, le colosse divaguait complètement. S'il était venu en aide à Blade, sur le parvis du temple, c'était par pur automatisme, non par solidarité. Le voyageur interdimensionnel en tira très vite la conclusion logique. Brute avait reporté sa fidélité instinctive sur Temple et il ne le garderait

comme allié que tant que cet état subsisterait entre eux.
Mais attention. Dans les circonstances actuelles, le
monstre pouvait se retourner contre lui à tout moment.

Il serait alors un ennemi mortel.

En attendant, il fallait gérer le contexte.

— Brute, commanda fermement Blade. Il faut
partir.

Déjà, il rejoignait Temple. Derrière lui, la voix
cassée du géant résonna :

— Attends-moi, attends-moi, Richard Blade !

Presque paniqué, Blade l'attendit et de nouveau
soumis, Brute aida Temple à se relever. Avec des
gestes touchants de monstrueuse nounou.

Le vent de folie était passé.

Le petit groupe reprit sa progression dans le souterrain. Ils avancèrent encore sur une distance qui leur
parut interminable, avant de tomber en arrêt devant un
énorme rocher. Brute essaya de le bouger, en vain.
Cette fois, c'était la fin du voyage. Une seule alternative, rebrousser chemin. Avec tout ce que cela comportait de dangers.

— Reposons-nous, soupira Blade. Il faut reprendre
des forces.

Mais alors qu'il allait se laisser tomber à terre,
Temple hocha soudain la tête, comme écoutant une
mystérieuse voix intérieure.

— Je sais, fit-elle enfin. Je me souviens.

Plein d'un nouvel espoir, Blade la vit s'approcher du
rocher et enfoncer ses doigts dans les interstices des
pierres de la muraille. D'abord il ne se passa rien, puis,
comme venu des profondeurs de la terre, un bourdonnement se fit entendre.

Et le rocher pivota !

Découvrant un escalier taillé dans le roc et qui semblait s'enfoncer très loin. Derrière eux, Brute poussa une exclamation admirative. Il n'avait pas réussi à faire frémir ce rocher, et voilà que Temple y était arrivée. Sans le moindre effort. Le regard embué d'émotion pour cette nouvelle maîtresse, il ferma la marche, tandis que Blade commençait à descendre.

Une descente qui dura longtemps. Si longtemps que les jambes de Blade commençaient à s'engourdir et que Brute devait parfois soutenir Temple. Enfin, ils débouchèrent dans une autre galerie, mais celle-là, naturelle. Comme celles qui relient parfois les cavernes des grottes. Ici, l'humidité avait fait son apparition et des concrétions blanchâtres formaient stalactites et stalagmites autour d'eux. Blade repéra une petite grotte, donna le signal du repos et ils s'écroulèrent, épuisés.

— Où sommes-nous ? questionna Temple d'une voix affaiblie par la fatigue.

Elle semblait effrayée par ce monde souterrain et Blade lui expliqua que dans son univers, ce genre d'endroit était sujet à explorations scientifiques. Assis près d'eux, Brute écoutait, bouche ouverte de saisissement. Blade ne sut si l'un et l'autre avaient tout compris de son exposé, mais en tout cas, cette fois, ils le prenaient vraiment pour un être venu d'ailleurs.

Bien sûr, ça ne l'avançait pas à grand-chose.

Alors, éteignant la torche et serrant Temple contre lui, il s'endormit.

*
**

La première chose que vit Blade en s'éveillant fut la flamme de la torche qui crépitait devant lui. La mine réjouie, Brute observait le feu, les deux silex toujours dans ses grosses pognes. Il avait allumé le feu. Blade le félicita, réveilla Temple et donna aussitôt le signal du départ.

Ils marchèrent encore durant des heures, traversant des salles, sautant des ruisselets d'eau pure, contournant même une immense étendue d'eau stagnante qui semblait là depuis des siècles. Au début craintive, Temple s'était peu à peu intéressée aux explications de Blade. Elle découvrait un monde fascinant et Blade en prenait d'autant une dimension quasi mythique. Quant à Brute, de plus en plus nounou, il portait souvent la jeune fille pour lui éviter les passages les plus pénibles.

Enfin, après ce qui sembla être le tour complet d'un cadran à Blade, ils entendirent un nouveau bruit d'eau courante et débouchèrent bientôt d'un goulet pentu dans une large galerie. Le lit d'une rivière souterraine.

Une vraie rivière.

Avec des berges rocheuses et si escarpées que, par endroits, il fallait carrément nager.

— Comment allons-nous passer ? s'alarma Temple, tout intérêt subitement éteint.

— Puisque l'eau coule par là, renseigna Blade, nous n'avons qu'à la suivre. Elle sort forcément quelque part.

— Par là ?

L'exclamation de Temple était due au tunnel plus petit sous lequel la rivière s'enfonçait quelques dizaines de mètres plus loin. Blade leva la torche, examina les lieux. En contrebas, le tunnel semblait encore s'étrécir, mais entre l'eau et la voûte, il y avait un espace suffisant pour respirer. Blade espéra que les choses s'arrangeraient un peu plus loin.

— Allons-y, décida-t-il.

Il ne savait pas vers quoi il s'engageait, mais son instinct le poussait à continuer dans cette direction. Blade entra le premier dans l'eau glacée. Avançant avec prudence, la torche à bout de bras devant lui, il se glissa dans le boyau étroit. Les autres suivirent. Cassés en deux, de l'eau sous le menton et la tête heurtant parfois les aspérités de la voûte, le trio progressa doucement. Le froid leur glaçait les os. Des crampes commençaient à leur crisper atrocement les pieds et les mollets. La douleur devenait crucifiante. Cela ne pourrait durer longtemps. Même si Brute portait Temple. Mais Blade percevait parfois des échos grondants qui rappelaient ceux de chutes ou de cascades. Peut-être le bout du calvaire. Ils avançaient toujours et Brute commençait à claquer des dents quand enfin, au détour d'un coude et alors que le grondement devenait plus fort, ils débouchèrent enfin dans une caverne.

Subitement, la rivière s'était transformée en petit lac et droit devant, après un ressaut tourmenté, l'eau plongeait sous la voûte d'une immense grotte.

Une grotte où la lumière arrivait !

Ils étaient sauvés !

De l'eau jusqu'à la taille, ils durent se cramponner aux aspérités de la paroi pour ne pas se faire entraîner par le courant, puis ils mirent enfin pied sur l'entablement du ressaut et leurs regards plongèrent dans les profondeurs de l'immense grotte.

Des regards qui se figèrent de saisissement.

Car si la rivière débouchait bien au sommet de la grotte pour s'achever en cascade, la lumière du jour, elle, n'était qu'une illusion.

Une illusion due au feu.

En effet, vingt mètres plus bas, un énorme feu brûlait. Éclairant la monumentale sculpture dorée... d'une tête de mort !

Cinq mètres de haut, sans doute des tonnes.

Une tête de mort entourée d'épais nuages de fumée. Autour d'elle, une armée d'hommes à la peau rougeâtre et poussiéreuse, lance au poing, scandant de leurs pieds nus les rythmes lourds des tams-tams.

Blottie contre Blade, tout en haut du précipice, Temple blêmit. Un frisson d'épouvante lui parcourut le corps. Hébété, Brute regardait la scène, l'air méfiant. Instinctivement sur la défensive, Blade s'empressa d'éteindre la torche. Ces énergumènes ne lui disaient rien qui vaille. L'air de sauvages, les hommes rouges semblaient sacrifier à un rite macabre. Peinturlurés de la tête aux pieds, bariolés de signes blancs sur tout le corps, ils ressemblaient à des squelettes. Leurs ombres fantomatiques s'étiraient démesurément sur les parois de la grotte. Comme des spectres. Le son lugubre des tambours résonnait à la manière d'un sinistre chant de guerre.

— Les Ilahos ! s'écria Temple.

— Les Ilahos ? Tu connais ce peuple ? demanda Blade remarquant le visage décomposé de la jeune fille.

— Nous avons franchi la rivière du néant ! Nous sommes au royaume des morts ! s'affola-t-elle.

— Calme-toi, Temple, la secoua Blade. Nous sommes vivants.

Tremblante, ne pouvant s'arracher au spectacle, la jeune fille expliqua :

— Les Ilahos sont un peuple de légende... Le Cristal... Le Cristal a toujours assuré qu'ils avaient disparu depuis des mémoires et des mémoires et qu'ils avaient trouvé refuge chez leur dieu.

— Leur dieu ?
— Celui de la folie. Le dieu Stupah.

La jeune fille frémit derechef, enchaîna :

— Il faut fuir ! C'est.. les Ilahos sont un peuple de guerriers sanguinaires... Ils ont des mœurs épouvantables !

— Quel genre de mœurs ? pressa Blade.

— La légende dit qu'ils mangent la cervelle de leurs ennemis. Qu'ils mangent leur cervelle alors qu'ils sont encore vivants. Pour leur prendre leur esprit. Pour cela, il leur suffit de découper le haut du crâne et...

Elle se tut subitement, horrifiée par ce qu'elle disait. Blade hocha la tête.

— D'où la présence de cette tête de mort en haut du totem, déduisit-il.

— La légende dit aussi que ce totem est en or massif.

Temple semblait soudain avoir recouvré une étonnante mémoire. Mais après ces révélations, Blade sentait son optimisme fondre comme neige au soleil. Il fallait prendre une décision. Et vite.

Mais Brute ne lui en laissa pas le temps. Bondissant jusqu'à l'extrême bord de la plate-forme et n'écoutant que son instinct, il poussa un long hurlement sauvage. Un hurlement qui couvrit presque le grondement de la cascade et dont l'écho roula interminablement sous l'immense voûte.

En bas, les danses cessèrent net. Les guerriers levèrent des yeux cruels vers la cascade. Les tams-tams se turent. Un silence lourd, seulement troublé par le bruit de la cataracte, pesa aussitôt sur le peuple des Ilahos.

Puis, sur un cri strident venu d'un échalas à la tête emplumée de rouge luminescent, les guerriers sanguinaires se lancèrent à l'assaut de grossiers escaliers creusés à même la roche.

Blade recula. Ils allaient se faire massacrer.

— Demi-tour ! cria-t-il. Vite !

Il n'avait pas fini de parler qu'il réalisait la vanité de l'entreprise. Derrière eux, une douzaine de guerriers venait de surgir. Arcs bandés et le regard fou, ils coupaient la retraite.

C'était fichu.

CHAPITRE VI

Les premiers Ilahos arrivés en haut de l'escalier, Brute fonça dans le tas. Blade le suivit. Les coups de poing volèrent tous azimuts. Une bagarre générale éclata au bord du précipice. Quelques guerriers plongèrent dans le vide. Les plus chanceux se reçurent dans le bassin de la cascade, les malchanceux s'écrasèrent sur la roche noire. D'autres, entraînés par le courant, empruntèrent le chemin direct de la cascade pour finir également dans le bassin. En d'autres circonstances, Richard Blade aurait pu trouver la situation presque cocasse. Hélas, la bagarre tourna court. Le nombre des guerriers ilahos prit vite le dessus. Blade vit Brute terrassé par la meute et lui-même reçut un coup à la nuque qui le précipita vers le néant.

Lorsqu'il se réveilla, ce fut pieds et poings liés. Tout comme ses compagnons. Attachés à une croix de branches dressée près du grand feu. Le cou pris dans un épais collier de cuir comme des esclaves sur le marché, les prisonniers attendaient. Devant eux, les danses des Ilahos avaient repris de plus belle. Les visages peints de traits jaunes et blancs phosphorescents, ne laissant entrevoir que leurs gros yeux globuleux qui brillaient face au feu comme ceux des fauves dans la nuit. Sur le reste de leurs corps rouges luisants de graisse et de sueur, le dessin grossier des os tracé à la peinture blanche donnait à ces êtres une allure encore plus terrifiante. Leur chevelure crépue accentuait leur type négroïde. Longilignes et nerveux, les guerriers ilahos dégageaient une impression de force et de férocité inouïe.

La mélopée lugubre montait toujours, lancinante, des gros tams-tams, parfois entrecoupée de cris aigus. Les guerriers et les femmes aux colliers d'or, tous vêtus d'une simple peau de bête autour de la taille, sautaient diaboliquement en écartant les bras à chacun de leur passage devant les prisonniers transis de peur.

Favorisé par son entraînement spécial, Richard Blade tenait le coup. Il n'en était pas de même pour Temple qui pleurait convulsivement, ni pour Brute qui crachait, grognait, montrait les dents comme un chien enragé.

Blade observait la sène, prêt à tenter le tout pour le tout à la moindre erreur des Ilahos. Hélas, pour le moment, tout semblait se dérouler selon un rite sans faille. Ils étaient maintenant des centaines dans l'immense grotte, qui dansaient en hurlant autour du gigantesque monument en forme de tête de mort.

Une tête de mort dont on venait d'ôter la calotte.

Mauvais signe. A cause du symbole. D'ailleurs, face au sorcier vitupérant, un officiant aiguisait tranquillement certains outils. Au passage, Blade avait aperçu deux scies, de grands ciseaux et toute une panoplie de couteaux. Angoissant. Sur l'or de la tête de mort brillaient les flammes géantes du feu d'enfer. Brandissant des gris-gris, l'interminable sorcier emplumé de rouge luminescent s'approcha du feu, aussitôt suivi d'un groupe de femmes aux seins flasques et aux chicots noirâtres. L'Ilaho prononça quelques incantations et jeta une poignée de poudre blanche dans le brasier. Cela déchaîna un flot de flammes vertes et, au même instant, une épaisse fumée jaunâtre se répandit dans toute la grotte.

Bronches irritées par cette fumée âcre, les prisonniers se mirent à tousser. Peu à peu leurs esprits s'embrumèrent et Blade comprit. De la drogue. Vaillamment, il se mit à lutter contre les effets néfastes. Il ne voulait pas perdre le fil.

Contrairement à ce qu'il redoutait, cela n'arriva pas.

Au contraire, il se sentit progressivement beaucoup mieux et même son angoisse s'estompa. De son côté, Temple se sentait soudain presque heureuse. Sa mémoire se ravivait et graduellement, des détails lui revenaient à l'esprit, aussi clairs que si elle venait de les vivre. Elle tourna vers Blade un regard candide et souffla, pleine d'espoir :

— Je me souviens ! Je me souviens !

Les effets de la mystérieuse drogue.

Tout au fond de lui, Blade savait que tout ceci allait mal se terminer. Très mal. Pourtant, son cerveau était maintenant tranquille et son corps détendu. Consciente du drame futur, une partie de lui-même le fit demander :

— Et que disent-ils, ces souvenirs ?

Comme sous hypnose, la jeune Amnèse récita :

— Selon les légendes, nous allons être sacrifiés.

Blade ne se faisait guère d'illusions. Il protesta pourtant :

— J'espère bien que non.

— Si, Richard Blade, renvoya calmement la jeune fille. Ces légendes ne mentent pas. Ils vont manger nos cervelles pour s'emparer de nos esprits...

Dans l'état actuel des choses, Temple ne se rendait plus compte du vrai problème. Blade se tourna vers Brute. Le colosse semblait dans le même état de prostration béate. Blade lui cria :

— Il faut nous délivrer, Brute. Ils vont nous massacrer !

Le géant ne réagit pas. A la droite de Blade, la voix de Temple s'éleva de nouveau. Tranquille, détachée :

— Ils vont d'abord nous raser la tête, puis ils couperont la calotte de chaque crâne avant d'y plonger leurs cuillères.

Blade déglutit péniblement. Il résistait mieux que les deux autres aux effets de la drogue et commençait à le regretter. Il était irrémédiablement seul. Et il allait avoir la plus hideuse des morts. Devant lui, les danses et les chants avaient redoublé, ainsi que le rythme infernal des tambours. La foule semblait de plus en plus nerveuse. Rendues complètement folles par les émanations de la drogue, des femmes s'arrachaient les cheveux en hurlant et Blade comprit que le sacrifice approchait. Au même instant, lentement et le regard extatique, le sorcier s'avança vers Temple, un couteau à la main. D'un sourire édenté et satanique, il contempla la jeune Amnèse. Perdue dans son nuage, celle-ci souriait aux anges et son visage tendu vers d'obscurs fantasmes ruisselait à présent de transpiration.

Toujours aussi conscient, Blade avait envie de

hurler. Lui aussi était en sueur. Il cherchait la solution tout en étant conscient qu'il n'y en avait pas. Déjà, le sorcier approchait le tranchant du couteau du cou de la jeune fille. Blade se dit qu'il allait l'égorger et que cela vaudrait mieux que le supplice annoncé. Mais alors qu'il voyait déjà la lame s'enfoncer dans la chair tendre, alors que dans un terrible sursaut de rage, il tentait vainement d'arracher ses liens, il vit le sorcier esquisser un geste vif en direction de l'épaule de Temple.

D'abord, il crut qu'il allait lui plonger la lame dans le cœur, puis, avec effarement, il vit le couteau commencer à découper la combinaison grise. Méthodiquement. Si précisément qu'on aurait dit une couturière fignolant son travail. La toile crissa sous la lame aiguisée et un pan de tissu tomba, dévoilant un jeune sein pointu et ambré. Il opéra de la même manière pour l'autre sein et, quand tout le haut de la combinaison ne fut plus que lambeaux épars aux pieds de Temple, les mâles de l'assistance s'approchèrent avec des mines sadiques. Pour finir, le sorcier au sourire édenté fixa la jeune fille droit dans les yeux et d'un coup sec et habile, trancha net le reste du vêtement, du nombril jusqu'en bas. Temple ferma les yeux. La toile tomba dans la poussière en un vulgaire tas de chiffons, mais la peau délicate de Temple n'avait pas une égratignure.

Ainsi exposée nue et inconsciemment offerte aux regards, la jeune Amnèse fit l'objet d'une grande curiosité. Y compris de la part des femmes. Tous se mirent à palper sa peau de miel de leurs mains poisseuses de sueur et de poussière. Emportée dans le délire de la drogue, la jeune fille se tordait dans ses liens en poussant des gémissements entrecoupés de petits cris. Un comportement qui semblait exciter davantage les mâles. Le contact de toutes ces mains sur sa peau, ses seins, son sexe, ne semblait pas vraiment incommoder Temple. Au contraire, Blade avait l'impression que les Ilahos lui communiquaient leur fièvre et qu'elle y prenait un louche plaisir inconscient. Ses chevilles et ses poignets, entamés par les liens, se mirent à saigner légèrement, mais elle n'en sembla nullement en souffrir. Gémissant toujours, elle ondulait sur place, respirant très fort et transpirant abondamment.

Pendant ce temps, trois femmes s'étaient approchées de Blade.

Le sorcier intervint aussitôt, les écarta pour s'avancer vers lui. Puis, plantant son regard fou dans le sien, il fit briller son arme à la lueur des flammes, retourna vers le bûcher et plongea la lame dans le feu. Quand il la ressortit, le métal était porté au blanc. Alors, revenant à Blade, il approcha l'instrument de son visage, cria quelque chose que Blade ne comprit pas et, avec une précision diabolique, il glissa la lame incandescente entre l'épaule et la combinaison du supplicié. Le tissu s'enflamma aussitôt, léchant la peau de Blade avant de tomber à terre pour finir de se consumer. Le pantalon subit le même sort et il se retrouva nu comme un ver. Le sorcier recula avec un rire dément et aussitôt, une nuée de femelles ilahos se jetèrent sur lui.

Les yeux fous et glapissant entre elles, elles le palpèrent sur toutes les coutures, promenant fiévreusement leurs mains rouges sur son corps d'athlète. Révulsé, il tenta vainement de leur échapper, déclenchant une orgie de rires excités. Des doigts nerveux aux ongles cassés arrachèrent ce qu'il lui restait de pantalon et ce fut la curée. Des piaillements aigus montaient de la masse grouillante. Agglutinées autour de Blade, des dizaines de femmes, vieilles et jeunes, le touchaient maintenant partout. Elles commencèrent d'abord par le visage à la peau blanche. Les cheveux, les bras aux muscles saillants. Puis des doigts s'aventurèrent sur son ventre, s'emparèrent enfin de son sexe qu'ils se mirent à triturer avec violence. Un sexe qui les intriguait. Bien plus gros et plus fort que n'importe quel attribut viril d'Ilaho mâle.

Alors, ce qui devait arriver survint.

Malgré son angoisse, malgré son self-control exceptionnel, Richard Blade ne put contenir plus longtemps les réactions naturelles de son corps.

A la grande joie des femelles ilahos.

Impressionnées par une si belle rigidité, elles ne s'en amusèrent que davantage. Blade supporta cette humiliante épreuve sans broncher. Sa force de caractère l'emportait sur la faiblesse physique. Soudain, une jeune fille particulièrement intriguée se fraya un passage entre ses compagnes. Avant de toucher Blade, elle planta ses yeux brillants dans les siens. Puis elle le contempla avec insistance de haut en bas avant d'enfoncer effrontément ses ongles acérés dans les muscles puissants. Jusqu'à en faire perler le sang, comme pour en tester la fermeté. Enfin, avec un petit sourire provocateur, elle s'agenouilla devant Blade, prit la hampe triomphante à deux mains et sous les rires excités des autres femmes, se mit à le caresser.

Blade serra les dents, essaya de penser à autre chose. Mais la nature était trop exigeante et après un long moment de ce traitement, il explosa entre les mains avides.

Pas une seconde, la jeune Ilaho n'avait baissé les

yeux. Comme un défi qu'elle lui aurait lancé à la face. Un défi qu'elle venait de remporter, à la grande joie de ses consœurs. Avec un sourire triomphant, elle lui tira les dernières gouttes de semence, puis, se redressant, elle planta ses yeux une dernière fois dans ceux de Blade, avant de laisser la place aux autres.

Blade tourna la tête, vit le regard de Temple.

Un regard fasciné qui restait accroché à son bas-ventre. Elle était en sueur et sa poitrine se soulevait violemment sur sa respiration trop forte.

Mais déjà, une autre Ilaho se précipitait. A coups de poing et de pied, elle fit reculer les autres femmes, s'empara à son tour du sexe encore tendu et commença à le masser. Si fort que Blade cria. A cet instant, le sorcier lança un ordre et quelques guerriers hilares vinrent mettre fin à son supplice.

Pour préparer le suivant.

Car d'autres hommes arrivaient. Trois. Tous porteurs d'instruments aux lames très effilées. Pour raser les crânes que l'on allait ouvrir. L'horreur commençait à glacer le sang de Blade. Il se demandait avec une curiosité morbide combien de temps ses nerfs tiendraient encore. Il vit un officiant saisir brutalement les longs cheveux de Temple et approcher sa lame pour les couper. Maintenant, les tams-tams battaient frénétiquement et la fumée était si épaisse qu'on n'y voyait plus à cinq mètres. Mais soudain, alors que le rasoir de l'officiant s'était déjà glissé sous les cheveux de Temple, un cri fusa sur la gauche de Blade et le silence se fit.

Si brutal et si dense qu'il en eut mal aux oreilles. Il tourna la tête, vit la face convulsée du sorcier et le couteau dans sa main. Il venait de mettre en pièces les vêtements de Brute et regardait son ventre nu et privé de sexe avec une sorte de désarroi douloureux. Comme s'il avait accompli un acte sacrilège qui le vouait aux gémonies. Devant la scène, le silence s'était encore alourdi et les rangs de l'assistance s'étaient précipitamment reculés. Enfin, une rumeur sourde commença à monter de la foule et des femmes se mirent à pleurer très fort en se roulant au sol.

Les Ilahos semblaient catastrophés. Comme si Brute s'était subitement transformé en une incarnation du malheur. Incrédule, Blade se tourna vers Temple pour demander :

— Que se passe-t-il ?

La jeune fille balançait la tête comme au rythme d'une musique qu'elle aurait été seule à entendre. Puis elle regarda le ventre de Brute et étouffa un petit rire.

— L'eunuque leur fait peur.
— Pourquoi ?
— A cause de son manque de sexe. Mais... mais je ne sais plus très bien pourquoi. Sans doute une de leurs anciennes légendes. Ou de la simple superstition.

Temple s'exprimait d'une voix absente. Plus vraiment concernée. Maintenant, les pleurs des femmes se multipliaient et les guerriers attendaient visiblement un ordre de leur sorcier. Un ordre qui vint presque aussitôt. Un glapissement affolé qui résonna sinistrement. Immédiatement, trois Ilahos se précipitèrent et, presque avec terreur, entreprirent de défaire leurs entraves.

On les libérait !

Un instant plus tard, Blade devait déchanter. On leur avait laissé leurs colliers de cuir et on y avait accroché des chaînes par lesquelles on les tira hors de la grotte.

Maintenant, la foule s'ouvrait sur leur passage et les regards étaient glacés de peur.

Sans explication, le trio fut traîné dans une caverne sombre et puante, puis jeté dans une fosse étroite et profonde, au sol humide et froid. Ce fut d'abord au tour de Brute, puis Blade et l'instant d'après, Temple tombait sur lui. Elle poussa un petit cri de douleur, gémit au contact du sol détrempé.

— Où sommes-nous ?

Blade ne répondit pas. Les Ilahos avaient fait basculer une lourde grille sur le puits et il entendit le bruit sec de la serrure qui se fermait. Temple vint se blottir contre lui et un ronflement s'éleva bientôt à côté d'eux.

Brute s'était endormi.

Alors, malgré l'inconfort du lieu, malgré l'angoisse qui le taraudait et malgré l'énigme de leur subit transfert dans ce puits, Blade se laissa couler dans une torpeur réparatrice.

Blade s'éveilla en sursaut. Tiré de son engourdissement par la désagréable impression d'avoir été mordu au mollet. Secouant énergiquement sa jambe, il sentit d'en détacher une masse qui couina avant de s'enfuir.

Un rat !

Malgré son épuisement, Blade ne put se rendormir. Restant sur ses gardes, il sentit bientôt des frôlements dans le noir et comprit que les rongeurs avaient investi la fosse.

— Brute ! Temple !

Si les autres continuaient à dormir, les rats en feraient un festin.

— Hein! Hein! grogna le colosse en secouant sa masse.

— Il ne faut plus dormir.

— Pourquoi? fit plaintivement Temple. Que se passe-t-il?

Blade n'avait pas le choix. Mieux valait dire la vérité.

— Des rats, dit-il.

Contrairement à ce qu'il avait redouté, Temple n'eut qu'un léger frisson. Se serrant plus fort contre Blade, elle leva les yeux vers la grille qu'une vague lueur découpait en ombre chinoise. D'une petite voix qu'elle s'efforçait visiblement de rendre ferme, elle chuchota :

— Crois-tu que nous allons mourir, Richard Blade?

— Aie confiance, encouragea Blade.

Au cours de ses missions dans les DX, il avait souvent connu toutes sortes de situations désespérées. Tant qu'il y a de la vie...

Les tams-tams avaient repris et leur rythme lointain et lancinant leur parvenait, très assourdi. Toujours le même. Celui de leur supplice avorté. La jeune Amnèse souffla :

— Ces tambours... ces tambours... je crois me souvenir...

— De quoi?

— Tout cela me rappelle...

— Quoi donc? s'impatienta Blade.

— C'est encore confus dans ma tête, mais...

— Concentre-toi. Dis vite avant d'oublier encore!

— La légende... Elle disait que les Ilahos avaient peur des eunuques. Qu'ils les prenaient pour des démons. C'est pour cela que dans nos temples, on trouve des sculptures d'eunuques sur les murs... Comme dans cette pièce que nous avons traversée sous la chapelle du vent. Pour les Ilahos, ce sont des êtres maléfiques qu'ils ne peuvent tuer...

— Qu'ils ne peuvent tuer ?
— Ils... ils... Oh, je ne...
— Si tu le sais. Dis-moi vite, insista Blade. Vite !

Sans savoir quoi, il sentait quelque chose d'important sous les propos de Temple. Comme une clé essentielle de leur salut.

— Les guerriers pensent que la cervelle des eunuques... et de ceux qui les fréquentent sont hantées par des esprits destructeurs. Ils pensent que ce sont ces esprits qui les ont privés d'attributs virils. Alors...

— Alors ?
— Alors, ils ne peuvent consommer de la cervelle d'eunuque sans courir le risque de voir leurs propres organes sexuels dégénérer, puis disparaître. Enfin... pas de cette manière.

— Tu veux dire qu'ils ne vont plus manger nos cervelles ? demanda Blade, plein d'un nouvel espoir.

— Si... Si ! Mais seulement après une agonie très lente. Il faut les faire mourir de faim. Et de soif aussi. Pour qu'avant la mort, les mauvais esprits qui les hantent se dégradent à l'intérieur des crânes...

Douché, Blade soupira :

— Tu es certaine de ce que tu dis ?
— Oui, Richard Blade. Certaine. Tous les Amnèses connaissent cette légende.

La voix de Temple avait baissé d'un ton. Découragée. Blade l'était aussi. L'espoir se réduisait de nouveau. Le moral à plat et les yeux accrochés à la grille du puits, il réfléchit longuement, puis, sans illusion, il réveilla de nouveau Brute. Ce dernier sursauta, faillit lui envoyer une volée de coups, finit par se calmer quand Blade lui expliqua :

— Je vais grimper sur tes épaules. Pour voir cette satanée grille de plus près.

L'eunuque obéit, aida Blade à se hisser. Mais là-haut, celui-ci parvenait juste à toucher les barreaux du bout des doigts. Il força un peu, secoua, dut se rendre à l'évidence. Pour espérer sortir d'ici, il aurait fallu un minimum d'outillage. Ou de la dynamite. Pour en finir vraiment.

Rien à faire, ils étaient condamnés.

A mourir de faim et de soif. Lentement. Très lentement...

CHAPITRE VII

Recroquevillés au fond de leur trou, les trois prisonniers attendaient leur fin en silence. Une épouvantable angoisse rongeait les âmes et même Blade sentait le désespoir s'infiltrer insidieusement en lui.

La mort rôdait.

Blottie contre Blade, Temple dont la mémoire semblait bizarrement en phase progressive prenait peu à peu conscience de l'inéluctable issue. Alors, de temps à autre, quand la pression se faisait trop forte, elle pleurait doucement, réfugiée au creux de ses bras, mouillant son torse ou son épaule de larmes amères. Et Blade ne pouvait rien pour la réconforter. Rien d'autre que caresser ses longs cheveux qu'une macabre ironie du sort lui avait permis de conserver.

Près d'eux, tassé dans l'angle opposé du puits et rongeant son frein à mesure que des bribes de mémoire lui revenaient aussi, Brute grondait de temps à autre sa rage impuissante. Avant de replonger dans un sommeil qui l'abrutissait un peu plus. Ils étaient condamnés à mort et aucun d'eux ne se le cachait plus. A peine s'ils chassaient les rats qui s'aventuraient toujours au fond de la fosse.

— Richard Blade ?

Son trop-plein de chagrin versé, Temple levait vers Blade son visage apeuré. Elle ne distinguait de lui qu'une vague ombre chinoise sur fond de grille, mais cela lui faisait du bien. Comme s'il avait encore le pouvoir de trouver l'idée géniale. Celle qui les sortirait de là.

— Richard Blade. Tu dors ?

— Non, répondit Blade en lui caressant de nouveau les cheveux. Non. Je ne dors pas.

Naïvement rassurée, la jeune Amnèse se serra un peu plus contre lui. Et pour la première fois, le contact étroit de leurs deux corps nus lui fit un étrange effet. Un peu comme celui qu'elle avait ressenti la veille... ou l'avant-veille, lorsqu'elle avait vu cette fille ilaho lui caresser le membre viril. Surtout quand elle avait assisté au jaillissement de son énergie. Ça lui avait fait tout drôle dans le ventre et maintenant, elle ressentait le même effet. Avec un petit quelque chose en plus. A cause de leurs corps qui se touchaient. Et de cette main qui lui caressait les cheveux... un peu comme la main de la fille ilaho avait touché son membre l'autre jour. La douceur de ses mains était en train de réveiller en elle des instincts de femme.

De femme qu'elle n'était pas encore.

— Richard Blade ?

— Oui.

Rien. Elle avait juste envie d'entendre sa voix profonde et de sentir son corps contre le sien. Un corps qu'elle avait follement envie de caresser aussi. Juste pour...

— J'ai peur, dit-elle dans un souffle. Si peur !

Il ne dit rien, mais sa main s'était remise à caresser

ses cheveux. Comme s'il avait su que cela l'apaisait. Alors, parce qu'elle en avait un impérieux besoin, Temple aventura sa propre main. D'abord sur le torse de Blade. Un torse aux muscles puissants qu'il lui sembla sentir frémir quand le contact fut établi.

— Tu es beau, Richard Blade, murmura-t-elle comme pour elle-même. Beau et fort. Et... et ta peau est si douce. Si douce !

Temple s'enivrait de ses propres paroles. De sa propre audace aussi. Sa main devint peu à peu plus hardie et, sans que Blade ne dise un seul mot ni n'accomplisse le moindre geste nouveau, elle s'aventura du torse au flanc, puis du flanc à l'amorce de l'abdomen. Sous ses doigts, elle sentit la petite cavité du nombril, puis, à peine plus bas, ses ongles commencèrent à crisser dans une soie virile. Dans ses cheveux, la main de Blade s'était figée. Le comportement de la jeune Amnèse l'avait un peu pris de court et il n'osait plus bouger. Temple n'était qu'une enfant.

Une enfant qui poursuivait son exploration. Avec cette hardiesse de l'adolescence qui pousse aux défis et qui se fait peur aussi.

— Richard Blade.
— Oui ?
— Je... je voudrais...

Elle n'osait pas dire tout. Pourtant, sa voix n'avait été qu'un souffle à l'oreille de Blade. Personne d'autre que lui n'aurait pu l'entendre. Malgré la situation désespérée, Blade sourit dans la pénombre.

— Chut ! fit-il. Tu devrais dormir.
— Dormir ! protesta Temple. Je dormirai bien assez quand nous serons morts. Avant, je veux te connaître. Complètement.

Blade sourit de nouveau, essuya ses joues encore mouillées de larmes.

— Chut ! répéta-t-il. Tu es une enfant.

— Non ! cria presque Temple en se raidissant contre lui. Je ne suis plus une enfant. Pas plus que cette sauvage qui t'a caressé l'autre jour.

Blade lui déposa un baiser dans les cheveux, souffla :

— Ne dis pas de sottises.

— Je ne dis pas de sottises et je ne suis plus une enfant, insista la jeune Amnèse en lui griffant légèrement le ventre. Et je vais te le prouver.

Blade était troublé. Tout y contribuait. La beauté de Temple, le contact de ce corps jeune et frémissant, la situation particulière aussi. Il le savait, si elle insistait encore, il ne répondrait plus de lui-même. D'ailleurs, ses entrailles commençaient à s'embraser et, tout près de la main de Temple, son sexe avait d'ores et déjà réagi. Et Temple le savait. Plus par instinct que par le toucher, car pas une seule fois encore ses doigts n'avaient effleuré cette partie de son corps. Devinant sa victoire proche, elle se pressa davantage et, plaquant sa menue poitrine contre le torse de Blade, elle lui murmura en frôlant ses lèvres des siennes :

— Je veux, Richard Blade. Je veux ! Maintenant.

Cette fois, elle avait avancé sa main et l'avait posée sur son membre. Timidement, presque craintivement. Il sentit les doigts frémissants l'entourer et il voulut se dégager.

— Non ! gronda Temple. Non !

Elle avait resserré son étreinte. Si fort qu'il lui aurait fallu faire violence pour s'y arracher. Dans le même temps, il sentit ses reins s'embraser et il sut qu'il n'aurait plus la volonté de résister davantage.

— Viens, souffla encore Temple. Je veux !

Puis elle se plaqua à lui, entoura son cou avec ses bras, le serra très fort, l'embrassa avec une violence un peu maladroite et sans façon, elle passa ses jambes de chaque côté de ses hanches, avant de se laisser redescendre sur lui en gémissant de désir. Blade sentit des moiteurs brûlantes l'envelopper, puis la main qui ne l'avait pas lâché le dirigea et tout doucement, le corps de Temple descendit de nouveau.

Lorsque le fragile rempart intime céda, Temple laissa échapper un petit cri d'oiseau blessé, le serra plus fort contre elle et, abandonnant soudain toute retenue, elle s'empala tout à fait en étouffant une plainte filée.

Une plainte qui ne s'acheva que bien plus tard, quand, sans souci de Brute qui dormait tout près, ils roulèrent au sol humide pour achever leur duel d'amour dans un dernier feulement sauvage.

Loin dans les profondeurs des grottes, les tams-tams scandaient toujours leur sinistre mélopée. Mais blottie contre Blade, Temple ne pensait plus à rien.

Elle était bien.

Temple et Brute dormaient.

Dans le cerveau bouillonnant de Blade couraient toujours les mêmes idées. Il guettait chaque bruit et cherchait désespérément le moyen de fuir. Le grondement incessant des tambours sacrificiels semblait le narguer et mettait ses nerfs à vif.

Puis il y eut la chose.

Un bruit léger, juste un frôlement, qui arracha Blade à ses sombres pensées. Il contint un sursaut, eut instantanément tous les sens en éveil. Il pensa aux rats et dans le noir presque complet se mit à guetter la première attaque. Puis la chose le heurta et il frappa. Si vite que le rat n'eut aucune chance. Mais c'était un rat très long. Et très docile. Un rat un peu rugueux et qui ne se débattait même pas. Alors, ses doigts explorèrent la chose et Blade sentit son rythme cardiaque s'accélérer.

Une corde !

Une corde qui pendait juste au-dessus de lui. Il la tira, elle résista et le sang de Blade ne fit qu'un tour. D'un coup, toute son énergie lui revint. Il oublia la faim et la soif, appela :

— Temple ! Brute !

— Hein ? grogna aussitôt le colosse. Quoi ?

Temple tardant à émerger, Blade la secoua.

— Réveille-toi. Vite !

Temple sursauta, encore étourdie par le premier sommeil. Mais Blade n'eut rien à lui expliquer. D'autorité, il lui avait glissé la corde dans la main.

— Vite ! dit-il encore en la poussant.

Déjà, là-haut, une mince silhouette se profilait derrière la grille et la serrure de celle-ci fit entendre un effroyable grincement.

— Grimpe ! encouragea Blade. C'est notre chance.

Sans chercher à comprendre, la jeune Amnèse enroula son pied autour de la corde et avec une souplesse féline se hissa jusqu'à la grille qui venait de s'ouvrir. Elle disparut dans l'ouverture et déjà, Blade poussait Brute.

— Non, dit ce dernier. Toi d'abord.

Blade dut le bousculer pour qu'il finisse par obéir. Quand le colosse eut grimpé à son tour, il empoigna la corde et, en trois puissantes tractions des bras, il s'arracha à la fosse puante.

— Vite ! souffla une voix. S'ils nous prennent, nous sommes tous morts.

A peine Blade avait-il achevé de se hisser hors du trou que la voix résonna à son oreille.

Une voix de femme.

— Vite ! fit-elle encore.

Dans la lueur de la torche piquée à l'entrée de la caverne, Blade avait tout de suite reconnu leur sauveur.

La jeune Ilaho ! Celle qui l'avait quasiment violé !

Se voyant reconnue, la jeune fille eut un sourire de défi et, mettant d'autorité le court sabre qu'elle tenait dans la main de Blade, elle planta son regard dans le sien en déclarant à voix contenue :

— Je m'appelle Ali. Je vous ai délivrés tous les trois, mais c'est toi seul qui m'intéresses.

Au moins, c'était clair.

Une main fine et nerveuse s'était refermée sur le poignet de Blade, entraînant ce dernier vers une galerie. Sombre. Mais dans les profondeurs de laquelle on devinait la lueur mouvante d'une torche.

— Vite ! gronda la jeune Ilaho en poussant Temple sans ménagement.

S'en remettant à sa jeune guide, le trio emprunta un dédale de cavernes et de galeries dont certaines ruisselaient d'une eau d'infiltration glaciale.

Au bout de sa course, le groupe se coula discrètement dans une autre galerie. Plus courte. Qui aboutissait à une autre caverne plus éclairée, avec des chevaux à l'attache... et des guerriers ilahos.

Endormis.

— Venez, pressa Ali. J'ai rempli les fontes de quatre chevaux.

— Quatre ? s'étonna Blade.

L'effrontée planta de nouveau ses yeux dans ceux de Blade. Avec le même défi.

— Je viens avec vous.

Elle avait à peine achevé sa phrase que quatre ombres se profilèrent près d'eux. Quatre guerriers ilahos menaçants. Sans un mot et sans un cri, bien campés sur leurs jambes, ils formaient barrage entre les fuyards et les chevaux. Brandissant d'impressionnants sabres à dents de scie.

— Attention ! cria Ali. Les armes sont empoisonnées !

A moins d'un miracle, le court sabre de Blade ne suffirait pas. Un des guerriers jeta une courte phrase haineuse à Ali et fit siffler sa lame dans l'air humide en ricanant. Figée, la jeune Ilaho ne bronchait plus. Elle venait de trahir son peuple et méritait la mort. Les guerriers devaient frapper. C'était la loi. Paralysée, elle attendait l'issue de la confrontation.

— Richard Blade ! gémit Temple en le suppliant du regard.

Blade ébaucha un geste. Juste pour voir. Aussitôt, les dents pointues d'un sabre empoisonné sifflèrent, frôlant son visage. Sans son esquive à la dernière milliseconde, il aurait eu la joue arrachée. De son côté, Brute n'avait pas réagi. Depuis leur sortie du puits, il semblait dépassé. Alors, Blade plongea.

Vif comme la foudre, il balaya l'espace de son sabre, feinta, piqua et finit dans un moulinet vicieux qui rencontra le bras d'un Ilaho. Celui-ci couina de douleur. Tranchée net au poignet, sa main armée s'était envolée pour retomber à dix pas de là. Blade doubla, enfonça la lame dans la gorge du manchot, rompit, pivota aussitôt pour esquiver l'arme d'un autre agresseur. Mais soudain, alors qu'il ratait son but et devait rompre à nouveau, des hurlements résonnèrent un peu partout dans les galeries. Un des assaillants de Blade poussa un ricanement sauvage. Dans ses petits yeux bestiaux, des éclairs de triomphe fulguraient. Il avait raison.

La chasse à l'homme était lancée. Ils étaient perdus...

CHAPITRE VIII

Pas question pour Blade d'attendre le massacre. Une fois encore, au risque de se faire égorger, il fonça sur les trois guerriers en raflant une torche au passage. Balayant les environs avec les flammes, il réussit à les tenir en respect et même à les faire reculer de quelques pas. Galvanisé par l'urgence, Brute, qui venait de comprendre, se jeta à son tour dans la bataille. Tandis que se rapprochaient dangereusement les bruits de la horde hurlante dans le dédale des galeries, les coups pleuvaient tous azimuts au milieu de l'écurie. Un sabre vola au sol. De sa force herculéenne, le colosse souleva un guerrier au-dessus de sa tête et, tandis que ce dernier pédalait désespérément dans le vide, il lui assena un coup de boule avant de le rejeter à terre. De son côté, Blade soignait son adversaire à coups de torche dans la figure lorsque le troisième Ilaho arriva à la rescousse. Mais au moment où il s'apprêtait à planter avec furie son sabre dentelé dans les côtes de Blade, Ali, sous les yeux ébahis de Temple, ramassa une arme au sol. Sans hésiter, elle laboura cruellement le dos de son congénère. Complètement déchiqueté, ce dernier s'écroula dans un concert de hurlements. En un rien de temps, le trio ilaho fut hors de combat et ceux de la grotte-écurie avaient fui. Autour d'eux, les chevaux effrayés piaffaient, tiraient sur leurs longes.

— Vite ! En selle ! cria Blade.

Hélas, au moment où ses compagnons allaient détacher leurs montures pour les enfourcher, la horde de guerriers déchaînés déferla dans la caverne.

— Détachez tous les chevaux ! Dépêchez-vous ! hurla encore Blade.

Tandis que Brute et lui commençaient à abattre les premiers assaillants à coups de sabre empoisonné, Temple et Ali exécutèrent les ordres. De nouveau les armes sifflèrent dans l'air, les coups de poing volèrent et les lames tranchèrent les chairs. Tout en se repliant lentement, les deux hommes se battaient à présent au milieu de l'affolement des chevaux libres et des guerriers hurlants, cherchant par tous les moyens à gagner du temps. Derrière eux, les deux filles parvinrent enfin à écarter les montures qu'ils se destinaient. Ali enfourcha son cheval en souplesse et cria :

— Par ici ! Vite !

Au signal de la jeune Ilaho, les hommes abandonnèrent à toutes jambes leurs assaillants et s'élancèrent sur leurs montures. Sous le poids, celle de Brute faillit s'écrouler. Mais le géant savait mener une bête et il lança bientôt l'animal dans un galop fougueux. A bride abattue, les évadés suivirent des tunnels éclairés de torches fumantes. Ils avaient fini par gagner un peu d'avance. Mais très vite la horde sauvage des Ilahos se lança à leurs trousses, à cheval cette fois. Une poursuite effrénée s'engagea dans le dédale des couloirs, des galeries et des cavernes.

A chaque croisement s'ajoutait aux poursuivants un

groupe de guerriers. Pratiquement couchés sur leurs chevaux, les évadés galopaient ventre à terre. Ouvrant toujours la marche, Ali tournait sans hésiter d'un côté, de l'autre, évitant les pièges, lorsque soudain, au détour d'une courbe, un cul-de-sac les arrêta net.

Blade balaya rapidement les alentours d'un regard circulaire.

— Là, on dirait qu'il y a une porte !
— C'est la porte de l'autre monde, fit Ali d'une voix tremblante. Ici finit celui des ténèbres.

Le temps n'était pas aux devinettes. En effet, il y avait bien une grosse dalle qui semblait fermer une ouverture dans le rocher. Blade repéra un levier. Il sauta à terre et courut l'actionner.

Les poursuivants remontèrent la maigre avance et débouchèrent très vite dans le cul-de-sac. Ali n'avait plus le choix. Elle devait protéger l'ultime chance de s'en sortir qui lui restait, en l'occurrence Blade. Ou se serait la mort. Le choix allait sans dire. Elle jeta un regard amer à Temple et, d'un commun accord, les deux filles empoignèrent les arcs attachés à leurs selles. Brute les imita. Une averse de flèches s'abattit alors sur les poursuivants, couvrant ainsi Blade durant sa manœuvre.

Lorsqu'il eut terminé de faire jouer le levier, la grosse dalle s'ébranla et la caverne s'ouvrit in extremis sur... le grand jour.

Alors que les quatre fuyards émergeaient au grand soleil, le miracle attendu se produisit. Les Ilahos qui arrivaient en renfort battirent soudain en retraite à la vue de l'éblouissante lumière.

Blade et ses compagnons étaient enfin libres.

*

Vêtu d'amples combinaisons de toile claire trouvées dans les fontes des chevaux et reprenant peu à peu force et espoir, le groupe chevauchait à présent dans un désert immense. Tout en suivant ses nouveaux amis, Ali se masquait les yeux en pleurant. La lumière éclatante du soleil l'éblouissait, elle qui ne vivait que dans la profondeur des ténèbres. Mais ses larmes avaient d'autres raisons. Le remords rongeait son âme. Elle venait de commettre deux sacrilèges. Le premier en trahissant les siens après les avoir privés d'un précieux festin. Le second en franchissant les limites de son royaume.

Laissant Temple et Brute prendre de l'avance, Blade vint se placer à la hauteur d'Ali.

— Pourquoi nous as-tu délivrés ? demanda-t-il.

La jeune Ilaho le fusilla du regard.

— Je te l'ai dit. Pour *te* sauver.

Blade avait bien entendu compris dès ses premiers mots près de l'oubliette, mais il avait peut-être souhaité qu'elle ajoute d'autres raisons à sa démarche. En vain. La jeune Ilaho semblait peu désireuse de s'étendre sur le sujet. Il passa à autre chose :

— Pourquoi tes frères de race ont-ils abandonné la poursuite ?

Ali cacha ses larmes.

— Nous n'avons pas droit à la lumière du soleil.

— Qui vous l'interdit ?

— Nous.

— Je ne comprends pas.

— Nous avons prêté serment.

Elle renifla. Et, toujours en se protégeant les yeux de

son bras, fouilla dans l'histoire de son peuple pour satisfaire la curiosité de Blade.

— Il y a des lustres, au tout début du royaume d'Epsylah, nous vivions à l'air libre. Chaque événement de notre vie était sujet à une cérémonie. Alors, nos ancêtres hantaient les rues de la ville aux sept dômes durant les nuits et capturaient quelques Amnèses. Principalement avant la période de la fertilité. Au moment où la mémoire des Amnèses était au plus bas.

Ali avait noté le ralentissement du cheval de Temple et elle comprit que la jeune Amnèse essayait d'entendre. De résigné, le ton de son récit changea soudain. Fièrement, elle poursuivit :

— Un jour, l'un des nôtres commit le pire des sacrilèges. Etourdi par le plaisir produit par la dégustation d'une cervelle et emporté par la folie de la drogue du sorcier, il tua Kaouta, notre souverain. Les Ilahos aimaient Kaouta. Pris d'une immense fureur, ils s'emparèrent de l'assassin et le massacrèrent sur-le-champ. Mais pour mon peuple, le crime ne fut pas assez puni. Pour expier l'assassinat de leur monarque, nos ancêtres firent le vœu de vivre pour l'éternité retranchés dans l'obscurité de la montagne. Depuis ce temps, aucun Ilaho n'avait revu la lumière du soleil.

— C'est donc pour ne pas manquer au vœu de leurs ancêtres que nos poursuivants n'ont pas pu se résoudre à franchir le seuil des ténèbres ?

— Et c'est donc depuis ce temps reculé que les Ilahos sont entrés dans la légende, conclut Temple en s'immiscant dans la conversation.

— Sans doute, s'enorgueillit Ali. Et que disait ta légende sur mon peuple ?

Toujours le même défi dans le ton d'Ali. Temple se troubla, maugréa, mal à l'aise :

— Je ne sais plus. J'ai... J'ai oublié...

— Que vas-tu faire à présent ? demanda Blade.

Ali baissa la tête. Elle ne voulait pas que sa rivale remarque ses larmes.

— Je suis perdue, avoua-t-elle. Je suis la première Ilaho qui trahit les siens. Je ne pourrai jamais retourner au royaume des Ténèbres.

La peine contenue à grand renfort de volonté crispait son jeune visage encore rouge de maquillage. Visiblement, Temple se réjouissait de son chagrin et Blade la fit rejoindre Brute. Il savait le principal. Maintenant, il devait songer à sa mission, retrouver la princesse Esyl.

Pendant des heures interminables, le trio erra dans l'immensité désertique, malgré les provisions de bouche et les outres d'eau prévues par Ali, la fatigue, la faim et la soif les tiraillaient de plus en plus. Le désespoir d'Ali s'était peu à peu estompé. Alors que le soleil déclinait à l'horizon, Blade ordonna une pause.

— Arrêtons-nous là pour la nuit. Demain nous repartirons dès l'aube.

Il mit pied à terre. Les autres l'imitèrent et Temple le rejoignit. Posant une main possessive sur son épaule, elle questionna :

— Où irons-nous demain ? Pourquoi ne pas nous installer dans une contrée fertile.

Blade secoua la tête en souriant.

— J'ai une mission à remplir. Tu le sais.

Elle baissa la tête.

— Moi, dit-elle doucement, ta mission, je m'en moquerais bien.

Blade la prit par les épaules et intercepta son regard.

— Allons, Temple ! Souviens-toi d'Esyl. Nous allons essayer de délivrer ta Princesse bien-aimée.

— Mon bien-aimé, c'est toi, Richard Blade. Toi seul.

— Temple ! gronda Blade. J'ai une mission à accomplir et je ferai tout ce qui me sera possible pour la mener à bien.

Vaincue, la jeune Amnèse hocha la tête. Puis, se hissant sur la pointe des pieds, elle déposa un chaste et tendre baiser au coin de ses lèvres.

Blade lui releva le menton, lui sourit.

— Tu n'as pas envie de délivrer la princesse Esyl ?

— Si. Et j'ai aussi envie de voir Balak pendu haut et court.

— A la bonne heure ! s'exclama Blade. J'ai besoin de ton aide. Il faut que je trouve le territoire des Tasks.

Temple fronça les sourcils.

— Qui sont les Tasks ?

Sa mémoire s'altérait de nouveau. Parfois quelques mots clés parvenaient à en raviver des bribes, mais depuis leur fuite des cavernes ilahos, cela diminuait considérablement. A croire que la Mémoire se trouvait en concentré dans l'oxygène du monde des Ténèbres. Décidément, Richard Blade ne pourrait compter que sur lui-même. Avec un soupir, il lâcha :

— Toi et Ali, ramassez de quoi faire du feu.

Dans cette région aride avaient dû pousser de maigres arbres et quelques épineux. Sans doute au cours d'une lointaine saison des pluies. Des branches éparses subsistaient. Jalouse, Ali qui avait entendu les derniers mots de Blade feula à l'intention de Temple :

— Je me charge de la cuisson des aliments. Le feu, ce sera toi.

Son attirance pour Blade lui assèchait la gorge et faisait battre son cœur si vite qu'elle en suffoquait parfois. Elle le voulait pour elle toute seule. D'ailleurs, le fait d'avoir trahi les siens pour le sauver lui conférait logiquement quelques privilèges. D'abord, celui d'écarter cette Amnèse. Lorsque Temple fut suffisamment éloignée, Ali s'agenouilla près de Blade et, plantant son regard fier dans le sien, elle questionna :

— Tu veux trouver le royaume des Tasks ?

Il hocha la tête.

— Tu sais comment faire ?

— Non.

Dans le noir tombant, les yeux de la jeune Ilaho se mirent à briller de défi. Blade secoua la tête d'un air de dérision.

— Dire n'importe quoi ne sert à rien, Ali.

Elle le fusilla d'un regard incendiaire.

— Je ne dis pas n'importe quoi.

— Prouve-le.

C'était maintenant au tour de Blade de la défier. Elle soutint son regard et d'un ton soudain pernicieux, elle déclara :

— Il ne tient qu'à toi de connaître la route à suivre.

— Comment ?

Elle lui adressa un sourire calculateur, hésita, finit par assener :

— Je déteste Temple. Renvoie-la à Epsylah et je te dirai le texte de la légende.

— Quelle légende ?

— Celle des Ilahos. Ils savent.
— Que savent-ils ?
Nouveau sourire de défi d'Ali.
— Je te le dirai quand tu auras renvoyé Temple.

Blade lui sourit à son tour, lui caressa doucement les cheveux et, d'une voix très douce, comme une confidence, il laissa tomber :

— Tu peux garder ton secret. Je ne renverrai jamais Temple.

Ali ouvrait de nouveau la bouche, quand un pas les fit se retourner. Temple. Sans le moindre branchage. Visiblement, cette conversation privée ne lui plaisait guère.

— Je t'avais ordonnée de ramasser du bois, grinça Ali.

— Ét je n'ai pas ramassé de bois, renvoya Temple, à son tour pleine de défi.

— Je vais t'apprendre à obéir !

— Tu n'as pas d'ordre à me donner, Ali l'Effrontée.

— Je te dévorerai la cervelle dès que tu m'en donneras l'occasion, sale Amnèse, siffla Ali les dents serrées.

Et d'un bond elle se jeta sur Temple.

Blade les arracha l'une à l'autre. Déjà, Temple était griffée à la joue et Ali saignait du nez. L'avenir s'annonçait plein de joie. Fou de rage, Blade les secoua sans ménagements, gronda de sa voix profonde :

— Je confisque la nourriture. Nous ne mangerons que quand le feu sera prêt. Un feu alimenté et entretenu en commun, précisa-t-il, l'œil mauvais.

La faim et la soif eurent finalement raison des deux filles, mais il faisait nuit quand les premières flammes s'élevèrent et que le repas fut servi. Au passage, Blade avait noté qu'Ali avait utilisé une sorte de briquet à silex pour allumer le foyer. Comme il avait remarqué aussi comment elle s'était éloignée du bivouac un peu plus tard pour aller consommer le contenu d'une mystérieuse petite bourse en cuir cachée sous les fontes de son cheval. Ils dînèrent dans un silence tendu et l'on n'entendit plus que le faible chuintement du vent du désert et les mastications sonores de Brute.

Un peu plus tard, la fatigue et l'émotion aidant, ils s'enroulèrent dans leurs couvertures et s'endormirent à la belle étoile.

Sauf Blade.

Quand il fut certain qu'Ali dormait vraiment, il se coula dans la nuit jusqu'au cheval de la jeune Ilaho. Il fouilla sous les fontes, trouva la bourse, l'enfouit sous sa combinaison et retourna se coucher.

Le ciel commençait à pâlir à l'horizon quand il aperçut Ali émerger de sa couverture pour se diriger à son tour vers sa monture. De loin, il la vit fouiller sous les fontes, hésiter, fouiller de nouveau, avant de pousser un rugissement sourd en se ruant vers Temple.

Elle allait l'atteindre, quand Blade lui arriva dessus comme la foudre. Il lui plaqua une main sur la bouche, la força à le suivre plus loin, derrière un empilement rocheux qui les dissimulerait. Il l'obligea à s'asseoir, puis, sortant la bourse de sous sa combinaison, il questionna :

— C'est ça, que tu cherchais ?

Dans la très faible amorce de l'aube, la jeune Ilaho regarda Blade comme s'il était le diable. Puis, comprenant qu'il ne servait à rien de nier, elle acquiesça d'un bref mouvement de tête.

— Ceci est notre poudre de Mémoire, Richard Blade. Une poudre magique fabriquée par notre sorcier, et grâce à laquelle, contrairement aux Amnèses, nos mémoires sont restées intactes. Malgré l'isolement dans les Ténèbres.

Elle tendit la main.

— Rends-la-moi. J'en ai besoin.

— Plus tard, éluda Blade. Explique d'abord.

— Non.

Blade soupira, attrapa la jeune Ilaho par un bras, la poussa sans ménagements vers le bivouac.

— Dans ce cas, gronda-t-il, je vais essayer de comprendre sans toi.

Ils arrivaient devant le feu réduit à l'état de quelques braises, quand Temple s'éveilla. Elle se redressa, fixa Blade et Ali d'un regard soupçonneux. Blade la calma d'un signe et, sous le regard assassin d'Ali, il ouvrit la bourse et jeta une pincée de poudre blanche sur la braise.

Aussitôt, il y eut un grésillement sonore, suivi de grandes flammes vertes accompagnées d'une épaisse fumée jaunâtre. Bientôt, les quatre compères furent enveloppés d'un nuage opaque. Irrités par l'odeur âcre, ils se mirent à tousser. Réveillé en sursaut, le colosse se dressa sur son séant, ouvrit de grands yeux étonnés, parut réfléchir intensément, puis sa face de brute s'illumina soudain et il s'écria :

— Ça y est ! Je me souviens. Je suis Thasar !

Il se leva d'un bond, battit l'air de ses bras monstrueux, cria dans l'aube naissante comme une formidable incantation :

— Je suis Thasar ! Et je tuerai Balak le Sanguinaire !

— Moi aussi ! s'écria aussitôt la jeune Temple, littéralement transfigurée. Moi aussi, je sais. Mon nom est... Laene. Je m'appelle Laene...

Blade avait compris, la poudre était une drogue mystérieuse dont la fumée avait passagèrement réactivé la mémoire de Temple chez les Ilahos. Il pressa la jeune Amnèse :

— Te souviens-tu d'autre chose encore ? Et toi, Brute, que te dit ta mémoire ?

— Esyl est chez Balak.

— Où ? insista Blade qui voyait déjà se dissiper la fumée. Où est Balak ?

— Vers le couchant. La légende parle d'un royaume immense au-delà des montagnes noires.

— Oui, renchérit Temple. La légende ! Les Tasks sont de l'autre côté des montagnes noires !

— C'est loin ? demanda Blade.

— Thasar te conduira, assura le colosse. Il faudra marcher longtemps.

— Mais à part les Tasks, personne n'a jamais réussi à passer ces montagnes, tempéra soudain Temple. La légende amnèse ne dit pas comment le faire.

— Comment ça ?

— C'est le secret, souffla Temple. Un secret que les Amnèses ne connaissent pas.

Déjà, la fumée jaunâtre se faisait moins épaisse et aux vacillements de leurs regards, Blade comprit que Temple et Brute voyaient déjà les effets de la drogue régresser. Dans un instant, ils retourneraient à l'état où ils se trouvaient avant l'expérience. Cette poudre n'était qu'un activateur mnémotique. Une mémoire artificielle. Mais inutile de la gaspiller pour le moment.

— Les Annèses ne connaissent pas le secret de la Légende, grinça alors la jeune Ilaho d'une voix triomphante. Moi, si. Comme tous les Ilahos. Tu connais mes conditions, Richard Blade.

Blade et elle s'affrontèrent du regard, mais il savait qu'Ali ne céderait pas. A moins qu'il ne chasse Temple.

Il devrait donc se débrouiller sans la Légende.

En espérant ne pas arriver trop tard.

CHAPITRE IX

Trois jours et trois nuits s'étaient écoulés depuis leur évasion du monde des Ténèbres. Trois jours et trois nuits harrassants sous un soleil de plomb et une ombre glaciale. L'escouade des fugitifs avançait péniblement. Les vivres commençaient à manquer et plus une goutte d'eau. Leur peau se déshydratait, les plaies que les liens de cuir avaient occasionnées aux poignets et aux chevilles menaçaient de s'infecter. Ali, plus que les autres, souffrait atrocement de la terrible réverbération. Depuis leur sortie des entrailles de la terre, ils n'avaient pas rencontré le moindre point d'eau. La nuit, Blade ne rêvait plus qu'à ce fleuve mythique qui semblait si important dans l'histoire de ce monde fou.

Siprith.

Le désert s'étendait dans son immensité redoutable.

— Demain nous abattrons un cheval, dit Blade.

Cela faisait des heures qu'il n'avait pas prononcé un mot. Des heures de sa dimension. Ici, cela lui semblait des siècles.

— Abattre un cheval ?

La voix d'Ali frémissait d'horreur. Les yeux rouges et

larmoyants, elle semblait souffrir énormément. Blade commenta :

— Boire du sang sera notre seule chance de survie.

La jeune Amnèse eut une moue dégoûtée, Ali s'en réjouit. Un rictus tordit ses jolies lèvres.

— Et qui de nous marchera à pied ? s'enquit cette dernière.

— Personne. Temple et toi faites à peine le poids d'un seul homme. Un cheval suffira.

Ali le foudroya du regard et Temple détourna la tête d'un air de reproche. Ni l'une ni l'autre n'appréciait cette promiscuité forcée. Mais Blade avait autre chose en tête. Le soleil embrasait le ciel mauve du couchant, découpant les crêtes dorées des contreforts des montagnes noires.

— Regardez ! cria Brute en pointant fébrilement son doigt en avant. Les montagnes !

Grâce à la poudre de Mémoire distribuée avec parcimonie par Blade, il avait fini par sortir un peu de son hébétude. Réconfortant. La force était toujours plus utile quand elle allait de pair avec l'esprit. Blade commanda :

— Campons ici. Demain nous verrons comment aborder ces montagnes.

Près de lui, Ali eut un sourire sarcastique. Blade nota mais ne dit rien. Il maudissait le programme DX qui l'avait rematérialisé à Epsylah plutôt que directement au royaume de Balak. Ses compagnons occupés à la confection du foyer, il poussa son cheval sur un mile ou deux pour reconnaître les environs. Ici, bien qu'encore maigre, la végétation se faisait moins rare. Il avait fait dévaler sa monture dans un large ravin, surpris par le brusque changement de climat. Beaucoup plus frais.

Soudain, il perçut un bruit léger. Un simple glissement. Il sauta silencieusement à terre, tendit l'oreille, entendit le même bruit. Ecarquillant les yeux, il se baissa, observa le sol à la vague lueur du couchant.

Et il la vit.

Une créature aussi étrange qu'inattendue. Une sorte de grand lézard à plumes. L'animal marchait lourdement sur le sol cahotique, s'arrêtant parfois, repartant aussitôt comme s'il cherchait à se guider.

Enfin quelque chose à se mettre sous la dent.

Déjà, Blade avait son couteau en main. Se sentant traquée, la bête voulut s'enfuir, mais Blade avait prévu sa réaction. Le couteau siffla dans l'air, un cri grinçant résonna dans le soir et la créature mourut, se vidant d'un sang vert et nauséabond.

En se baissant pour ramasser le produit de sa chasse il sentit du mouillé sous ses doigts. D'abord, il crut qu'il s'agissait du sang de la bête, puis, touchant plus loin, il retrouva le même phénomène.

— De l'eau !

A travers le crépuscule, il devina un ruisseau s'étalant sur à peine deux mètres de large et pas plus profond que le travers de sa main. Tous ses espoirs renaissaient. Ils venaient de trouver de quoi boire, un peu de nourriture, et ces montagnes apparemment inaccessibles étaient enfin là.

Il regagna le camp, annonça :

— Voici de quoi manger. Et un tout petit peu d'eau.

Brute et Temple coururent à sa rencontre. Ali, elle, ne bougea pas. Les regardant d'un air toujours aussi mauvais, elle grinça, méprisante :

— Un quetzal !

Blade s'inquiéta :

— Et alors ?

— Mes frères disent : là où niche le quetzal finit le désert.

— Tu devrais donc te réjouir. J'espère que ça se mange.

Haussement d'épaules d'Ali qui maugréa.

— Cuit, cela devient du bois. Crue, sa chair est consommable, mais seulement lorsqu'elle est marinée très longtemps dans sa propre urine. Unique façon de tuer les vers parasites qui infestent sa chair.

— Désolé, renvoya Blade, fataliste. Nous devrons donc nous passer de marinade.

On pluma le quetzal. Ali avait raison. Sa chair n'était qu'un amas de minuscules vers livides et grouillants. Mais la faim les tiraillait trop. Même Temple s'y mit. Avec quelques petites grimaces qui firent la joie d'Ali.

Pendant ce temps, la poudre d'esprit jetée dans le feu avec parcimonie par Blade avait peu à peu réactivé les mémoires. Soudain, Brute s'écria :

— La Légende ! Elle est vraie !

— Quelle légende ? demanda Blade.

— C'est une vieille histoire que les femmes racontent aux enfants. Elle dit qu'un fleuve sacré nommé Siprith coule dans le désert.

Cela, Blade le savait déjà. Il insista :

— Et alors ?

— Selon la Légende, Siprith serait porteur de toutes les félicités. Ceux qui boivent son eau voient s'exaucer leurs vœux. Bien des nôtres ont cherché ce fleuve sans jamais le découvrir. Certains périrent au cours de leur voyage. D'autres revenaient épuisés et grelottant de la fièvre du soleil. Mais ils n'avaient pas davantage trouvé le fleuve sacré.

— Tu veux dire que ce cours d'eau, là-bas, c'est le Siprith ?

— Non, non ! Je ne sais pas. Mais... mais si c'était ça...

Il affichait une expression extatique qui fit sourire Blade, mais Temple en fut bouleversée.

— Ce serait magnifique ! s'exclama-t-elle. Si c'était l'eau du Siprith...

— Rien ne le prouve, coupa Ali, heureuse de briser la joie de Temple.

Tout le monde cherchait le Siprith depuis des lustres. Depuis l'avènement de la dynastie des Balak chez les Tasks. Bien sûr Ilahos et Amnèses avaient toujours soupçonné les Tasks d'en avoir détourné le cours, mais comme personne n'avait jamais réussi à pénétrer le royaume de Balakah...

*
**

La nuit s'étendait noire et profonde. Encore une nuit à la belle étoile. Les astres célestes brillaient de milliers de points rouges dans le firmament.

Un peu à l'écart du groupe, Blade avait fini par s'endormir après avoir ressassé tous les événements de la journée. A peine se sentait-il sombrer dans un demi-sommeil qu'un frôlement le ramena à la réalité. Quelqu'un venait de se couler doucement contre lui. Une main légère se glissa malicieusement jusque vers son aine. Il ouvrit les yeux.

— Ali ? Qu'est-ce que tu fais là ?

A voix basse pour ne pas réveiller les autres, elle murmura :

— L'heure est venue de payer ton tribut.

— De payer quoi ?

Blade avait très bien compris ses intentions. Mais il repoussa ses avances.

— Mon sacrifice...

— Ainsi donc, railla Blade, tu nous aurais tirés de cette oubliette pour mes seuls beaux yeux !

— Oui.

Au ton, Blade la sentait sincère. Ce qui n'était guère encourageant. A cause de sa haine contre Temple, il allait devoir la surveiller de près.

— Et puis j'ai failli mourir pour toi, reprit-elle. Ça ne te suffit pas ?

— Je le reconnais, ton courage est exemplaire.

— Alors j'exige une récompense.

Elle se serra un peu plus contre Blade. Son corps brûlait de désir.

— Ali ! protesta Blade.

— Tu n'as pas tant rechigné quand l'Amnèse s'est donnée à toi dans l'oubliette. J'aurais dû la laisser là-bas.

Il la repoussa de nouveau. Avec une telle créature, mieux valait garder ses distances. Mais forte de son pouvoir de séduction, elle se fit langoureuse, lui mordillant l'oreille, faisant habilement courir ses doigts sur elle. Puis sa bouche se fit mutine, avant d'exiger plus. Sa langue chercha celle de Blade, ses seins fermes et chauds s'écrasaient contre lui. La peau de la jeune Ilaho avait la douceur de la soie et ses fragrances opiacées enivraient peu à peu Richard Blade. Et surtout, il y avait cette main qui, comme lors du sacrifice avorté, avait emprisonné son membre. Peu à peu Richard perdait de sa réserve. Il sentait le désir lui mordre les reins et le sang battre à ses tempes. Puis elle s'allongea sur le dos et, sans le lâcher, commença à promener son sexe raidi sur tout son corps, dans un ballet lascif qui l'amena jusqu'à sa bouche. Blade se laissa faire, contenant le plaisir violent qu'il sentait monter en lui. Enfin, n'y tenant plus, il s'arracha à la bouche, ouvrit Ali avant de se ruer en elle d'une seule puissante poussée. La jeune Ilaho émit un long feulement, noua ses jambes autour de lui et se mit à onduler au rythme de leur désir.

Mais soudain, alors que la tempête des sens la faisait crier une dernière fois, alors que Blade explosait en elle et que leurs corps tremblaient des ultimes fièvres, une ombre jaillit de la nuit pour fondre sur eux.

— Voleuse ! Vipère ! Il est à moi. A moi !

Temple ! Une vraie furie.

Au passage, Blade reçut un coup de griffes involontaire, s'arracha à l'étreinte d'Ali, voulut s'interposer. C'était compter sans la hargne naturelle de la belle Ilaho. Instantanément redressée, celle-ci reçut l'attaque de Temple, la contrôla et elles roulèrent au sol toutes les deux en glapissant des flots d'injures.

— Il est à moi ! Il est à moi, hurlait Temple en frappant de manière désordonnée. A moi, tu entends ?

— Que les diables t'emportent ! renvoya Ali en lui décochant un vicieux coup de pied dans le ventre. Il n'est pas à toi, mais à moi !

A cet instant, Blade distingua le bras de Temple qui se levait au-dessus du crâne d'Ali. Dans le poing crispé, il y avait une pierre. Pointue comme un poignard.

— Non ! cria-t-il.

Déjà, il avait plongé sur le bras armé.

— Ça suffit, vous deux, gronda-t-il.

Il envoya la pierre pointue au loin et sépara les deux

filles avec fermeté. Surtout Temple, qu'il dut littéralement arracher à sa proie.

— Ça suffit, répéta-t-il.

Cette fois et contrairement à toute attente, c'était la « douce » Temple qui semblait avoir marqué des points. Prise de court, Ali avait encaissé les premiers coups et les avait accusés. Son nez saignait et elle avait mal partout.

— Sale peste ! hurlait encore Temple prisonnière des poings de Blade. Je suis sûre qu'elle faisait exprès de crier pour me réveiller. Pour que j'assiste à sa victoire.

La flèche de Parthe pour Blade.

— Qu'elle crève ! cracha encore Temple.

— Personne ne crèvera et je n'appartiens à aucune de vous deux, cingla Blade qui commençait à trouver la comédie un peu lassante. Et désormais, que vous le vouliez ou non, la paix va régner entre vous.

Réveillé par les échos du pugilat, Brute s'était précipité. Fidèle à son dévouement pour Temple, il l'attira aussitôt à l'écart pour soigner ses blessures. Décidé à maintenir la paix, Blade l'apostropha :

— Désormais, je te charge des deux filles.

Ce qui, pour un eunuque de palais, constituait une tâche naturelle. Ravi de retrouver ses prérogatives, le colosse grogna de bonheur.

Le voyage du lendemain se passa sans le moindre heurt. Seulement quelques mauvais regards en coin. Brute veillait. Avec le peu d'eau qu'il avait trouvée, Blade avait encore différé l'abattage du cheval qui serait nécessaire à leur survie. Il ne s'y résignerait qu'à la dernière extrémité. D'ailleurs, les pauvres bêtes n'allaient guère mieux que leurs cavaliers.

L'ombre d'eux-mêmes.

Lorsque le soleil avait bien dépassé son zénith, le groupe stoppa. Ils étaient encore loin des montagnes noires, pourtant, on les aurait dit tout près, tant leur passe écrasait le panorama fantastique. Un mur noir, lisse comme une glace, haut d'au moins deux mille mètres. Une muraille infranchissable qui se dressait comme une barrière infinie allant d'un horizon à l'autre. Avec, tout là-bas vers l'est, comme un mirage qui aurait figuré de l'eau.

— D'après la Légende, souffla Ali en venant arrêter son cheval près de celui de Blade, on pourrait chevaucher pendant des milliers de vies sans jamais voir le bout de ces murailles. Elles seraient sans limites.

On aurait dit du verre noir sorti de terre. Des blocs de granit gris en formaient la base, tandis que çà et là, des cavernes s'étaient formées.

Et tout en haut, l'astre du jour se reflétait en une grosse boule à l'éclat atténué.

Blade n'avait encore jamais rien vu d'aussi fascinant.

— Que comptes-tu faire ? demanda Ali avec une froide ironie.

— On cherche un abri pour la nuit. Une de ces cavernes fera l'affaire.

La plus accessible se trouvait à plus de cent mètres de hauteur et l'escalade des gros blocs éboulés ne serait pas aisée pour les chevaux. Mais ils n'avaient pas le choix. Simplement, maintenant qu'il les avait devant lui, ces légendaires montagnes noires, Blade était convaincu d'une chose : ils ne les passeraient jamais.

CHAPITRE X

Ils avaient bien trouvé refuge dans la caverne aperçue par Blade. Des parois de granit gris, un sol relativement plat et sec leur offriraient un abri sûr pour la nuit.

Ce soir-là fut lugubre. Pas de feu, faute de bois, pas de vivres et une mémoire très approximative pour les deux Amnèses, car la poudre de Mémoire prise par la bouche ou le nez s'avérait beaucoup moins efficace qu'en fumée.

— A quoi penses-tu, Richard Blade ? lança Ali.

Malgré la lassitude, sa voix était toujours aussi pleine de défi. Et bien que ne pouvant la voir dans l'obscurité, Blade était certain qu'elle arborait son petit sourire froidement ironique

— A rien, dit-il.

— C'est faux. Tu penses au fleuve Siprith.

Elle aurait pu dire qu'il pensait à la princesse Esyl ou à n'importe quoi d'autre, mais c'était comme si elle avait pu lire dans son cerveau. Car c'était vrai. Blade ne pensait qu'au fleuve de la Légende. Quelque part en lui, il était certain qu'en le trouvant il découvrirait aussi le moyen de franchir les sinistres montagnes noires.

Une certitude qui n'avait rien d'irrationnel. Au contraire, elle reposait sur un postulat d'une logique incontournable. En effet, si le Siprith avait bien existé dans les temps anciens et si son tarissement était bien consécutif à l'avènement de la dynastie des Balak, il y avait de fortes chances pour que la raison de ce tarissement fût précisément le premier roi Balak. Or, toujours selon la Légende, le royaume de Balakah se trouvait au-delà de ces montagnes de miroir sombre.

CQFD.

Pour le vérifier, il suffisait de retrouver le Siprith.

Et dans cette logique, depuis leur arrivée dans le secteur, Richard Blade n'avait plus qu'une idée en tête. Reprendre son cheval et aller voir tout là-bas vers l'est, si par hasard ce mirage aperçu plus tôt...

Et seul.

Pour le cas où son instinct l'aurait trompé tout à l'heure. Il ne souhaitait pas donner de faux espoirs aux deux Amnèses. Et puis il y avait aussi cette autre idée qui le taraudait. Celle qui contre toute logique traçait dans son esprit un lien ténu entre le Siprith, ses vertus prétendument mirifiques et cette mystérieuse poudre de Mémoire découverte chez les Ilahos. Une petite idée qui faisait son chemin dans l'esprit de Blade. Même si c'était fou.

Au cours de ses missions interdimensionnelles, il en avait rencontré, des choses folles. Alors, aiguillonné par tout cela, Blade ne dormait pas. Il attendait que les trois autres soient profondément endormis.

Pour aller voir.

— Richard Blade !

Juste un souffle. Tout près de son oreille, Temple. Elle s'était déplacée si doucement qu'il ne l'avait pas entendue venir.

— Que veux-tu ?

Il était tranquille. Epuisés, Brute et Ali s'étaient effondrés presque dès leur entrée dans la caverne.

— Rien.

Un silence, puis une main se glissa à tâtons dans celle de Blade et la jeune Amnèse questionna tout bas :

— Tu ne m'en veux pas ?

Elle faisait allusion à sa bagarre contre Ali.

— Non, dit-il.

Temple soupira contre lui.

— Tu es bon. Et juste. C'est pour ça que je t'aime.

Blade ne dit rien et la jeune fille enfouit son visage au creux de son épaule. Comme par inadvertance, son autre main était passée dans l'échancrure de la combinaison de Blade et ses ongles jouaient avec les duvets de son poitrail. Toujours obnubilé par la pensée de Siprith, Blade posa un chaste baiser sur ses cheveux et la serra doucement dans ses bras.

Et contre toute attente, Temple s'endormit.

Comme une enfant qu'elle était encore un peu.

Il attendit un moment, puis, avec d'infinies précautions, il se sépara de Temple et la recouvrit en douceur de sa couverture. Elle émit un murmure incompréhensible et se remit à respirer lentement. Blade gagna aussitôt l'entrée de la caverne, sauta les quelques rocs qui le séparaient des chevaux. Par acquit de conscience, il chargea les outres désormais vides dans les fontes de la monture. Si le mirage n'en était pas un... il s'apprêtait à sauter en croupe quand une voix résonna derrière lui :

— Nous abandonnerais-tu, Richard Blade ?
Ali !

Sa fine silhouette nerveuse venait de jaillir entre deux blocs rocheux. Dressée devant Blade avec sa combinaison aux pans flottant au vent, elle ressemblait à quelque personnage de science-fiction. Rageant intérieurement, Blade grogna :

— Tu devrais dormir. Demain sera encore une journée épuisante.

— Je n'ai pas envie de dormir et je t'ai posé une question.

Blade était tiraillé entre l'envie de la fesser et celle de tout lui dire. Finalement, comme la fessée ne résoudrait probablement rien, il opta pour la deuxième solution.

Quand il eut fini son exposé, Ali garda le silence un long moment. Puis alors que Blade s'attendait à quelques nouveaux sarcasmes, la jeune Ilaho déclara d'un ton songeur :

— Je n'avais jamais pensé à cela.

— A quoi ? Je veux dire, à quoi en particulier ?

— A cette relation éventuelle entre le Siprith et notre poudre de Mémoire.

— Et alors ?

— Alors, renvoya Ali, toujours aussi songeuse, tu pourrais bien être beaucoup plus savant que je ne l'imaginais.

— Merci, railla Blade. Mais encore ?

Sans relever le sarcasme, Ali secoua la tête en faisant voler ses longs cheveux dans le clair-obscur de la nuit.

— Alors, dit-elle, je ne sais pas. Je ne sais rien de la composition de notre poudre. Pourtant, ton analyse est séduisante. Et plausible.

Ali avait subitement abandonné son attitude passée.

Elle semblait soudain réellement intéressée. Pris par le sujet, Blade insista :

— Y a-t-il longtemps que ton peuple l'utilise, cette poudre ?

— Selon la Légende, son introduction dans nos rites coïnciderait précisément avec l'époque de l'exil des Ilahos dans la nuit des gouffres.

Elle marqua un temps, ajouta :

— Rien n'interdit de penser qu'il puisse y avoir relation entre les deux faits.

— Utilisez-vous fréquemment cette poudre magique ?

— Tous les soirs. A l'heure du rituel, dans la grotte des cascades.

— Tous les soirs dis-tu ? C'est énorme !

— Les sorciers ont toujours prétendu que la poudre de Mémoire est nécessaire à notre équilibre. Mais c'est notre Grand Sorcier, l'Ancien des Anciens, qui détient le secret de sa composition. Je sais seulement qu'elle suffit à elle seule à notre nourriture. Je veux dire, nourriture physique et spirituelle.

Ali devançait à présent les questions de Blade.

— Tu veux dire que vous ne mangez rien d'autre ? fit Blade, incrédule.

— C'est ce que je dis. Et c'est la vérité. Mais nous buvons aussi l'eau des cascades.

Blade n'en revenait pas. Il questionna encore :

— Ce Grand Sorcier, est-ce celui que j'ai vu ?

— Non. Celui-là est son disciple. Son maître, l'Ancien des Anciens est en Contemplation Intérieure depuis des lustres. Enfermé dans une caverne secrète d'où il dispense ses conseils au sorcier du moment.

Songeur, Blade hocha la tête. Bien sûr, ce que venait

de révéler Ali allait dans le sens de sa théorie, mais il savait par expérience que rien n'est plus fragile qu'une théorie. Pour avancer, il fallait pousser plus loin. Il sauta sur son cheval, lui flatta l'encolure en lançant doucement :

— En route pour l'aventure, vieux frère.

Ali se précipita.

— Je veux aller avec toi.

— Non.

C'était net et définitif. Et contre toute attente, Ali n'insista pas. Décidément, ce monde était en pleine mutation !

***

Blade chevauchait dans la nuit claire. L'astre nocturne se réflétait sur la gigantesque paroi de glace noire. Il trotta longtemps en direction de l'est, là où il avait aperçu le « mirage », trouva enfin ce qu'il cherchait. Un ravin qui ressemblait à celui où la veille il avait tué le lézard à plumes, et surtout, où il avait détecté ces légères traces d'humidité. Un ravin que sans rien dire aux autres, il avait suivi toute la journée en conservant les montagnes noires en ligne de mire. Il chevaucha des heures, encourageant son cheval épuisé, tendu vers son seul but ; ce mirage aperçu plus tôt.

Un mirage qu'il venait de revoir.

Beaucoup plus près, beaucoup plus vaste aussi. Et comme il y avait peu de chances que les mirages existent la nuit, il fut soudain certain de ne pas s'être trompé.

De l'eau !

Beaucoup d'eau, même. Autant que pouvait en contenir un lac. Un lac au bord duquel il n'arriva qu'une éternité plus tard, après avoir franchi une succession de crêtes, descendu nombre de ravins abrupts et suivi l'ancien lit d'une large rivière maintenant à sec.

L'ancien lit de Siprith ?

Blade haussa les épaules. Un fleuve mythique ne pouvait prendre sa source dans un lac d'eau dormante. Un lac à la surface lisse, où s'enfonçait et se reflétait en même temps l'imposante paroi de glace noire.

Impressionné et, contre toute logique, pourtant certain d'être cette fois sur la bonne piste, Blade explora les lieux, chevaucha encore un moment le long d'une berge fangeuse. Sous lui, le pauvre cheval n'en pouvait plus. Pourtant, ce fut presque en galopant qu'il se précipita pour aller boire enfin. Blade en fit autant, remplit les outres de cuir et, laissant sa monture se reposer, il s'assit sur un rocher pour contempler cette eau qu'il avait enfin trouvée. Une eau qui s'arrêtait aux montagnes noires, qui donnait aussi l'impression de vouloir se jeter dans l'ancien lit de la rivière à sec, mais qui restait figée comme pour l'éternité.

Une eau sans autre mystère que celui de son origine.

Puis une amorce d'aube commença à poindre à l'horizon et Blade soupira. A part de l'eau, il n'avait rien trouvé. Alors, sentant l'engourdissement le gagner, il décida de remonter à cheval. Mais soudain, alors qu'il s'apprêtait à lancer sa monture et qu'il jetait un dernier regard à la surface figée du lac, il nota subitement un léger bouillonnement au pied de la paroi. Juste un frémissement, mais il eut également l'impression que le niveau du lac était légèrement monté. Un peu comme si une source invisible avait libéré un supplément d'eau. C'était sûrement une illusion, mais, intrigué, Blade s'approcha.

D'abord, il ne se passa plus rien, puis, alors qu'il allait cette fois vraiment partir, le bouillonnement recommença et, loin devant lui, un objet se mit à flotter à la surface.

Un objet qu'il ne pouvait identifier, mais dans ce décor immobile, l'événement prenait des proportions fantastiques. Blade scrutait de tous ses yeux, espérant un moment que l'objet en question allait venir vers lui, mais il dut bientôt déchanter. Au contraire de ce qu'il avait escompté, l'objet flottant s'éloignait en direction de la paroi, tout en donnant les signes avant-coureurs d'une réimmersion prochaine. Alors, Blade n'hésita plus. Il sauta de nouveau à terre, se déshabilla vivement et se mit à l'eau. Crawlant vigoureusement, il fut bientôt sur l'objet, l'attrapa, trouva son contact visqueux et mou, l'identifia immédiatement et son cœur se mit à battre plus vite.

Un gant !

Un gros gant de cuir noir, avec des pointes de métal aux endroits des articulations !

Quand des heures plus tard, il regagna la grotte où il avait laissé les autres, il était épuisé. Tout le monde était réveillé et on semblait l'attendre. Sans un mot pour Ali qui l'observait d'un regard en dessous, il tendit le gant encore mouillé à Temple en questionnant :

— Reconnais-tu ceci ?

La jeune Amnèse blêmit soudain, tandis que, la devançant, Brute poussait un véritable rugissement de haine en fixant le gant d'un regard fou.

— Les Tasks ! hurla-t-il. Les Tasks ! Un gant de Task !

Le colosse écumait de rage et Blade sentait une onde de joie monter en lui. Il tenait enfin un indice.

Mais un indice en forme d'énigme.

CHAPITRE XI

Le vent soufflait sur le désert. Des rafales incessantes s'engouffrant puissamment entre les rochers gris pour s'infiltrer jusqu'au fond des cavernes et provoquer des sifflements lugubres. L'ouragan balayait en de furieuses tornades tout ce qui se trouvait sur son passage.

Devant ce déchaînement des éléments, pas question de s'aventurer dehors. On n'y voyait pas à deux mètres. Démobilisés, Bruté et les deux filles s'étaient retranchés plus en arrière dans la grotte pour y dormir et parfois, entre deux rafales, les ronflements du colosse parvenaient jusqu'à Blade.

Il en avait été ainsi de presque toute la journée.

Maintenant, la nuit était revenue, mais Blade ne dormait pas. Les hurlements inquiétants du vent et la pensée omniprésente de sa découverte le tenaient éveillé.

Assis tout au fond de la grotte, adossé à la paroi rugueuse, les genoux repliés, Blade fixait l'entrée de la caverne, le regard noyé dans le vague. Entre ses mains, le gant. Ce fameux gant task qu'il avait repêché. Il le tournait, le retournait sans cesse entre ses doigts, cherchant à deviner comment il avait bien pu surgir des eaux du lac. L'explication la plus logique étant évidemment qu'un Task se serait noyé dans le lac, mais Blade ne parvenait pas à se faire à cette idée. Alors, faute d'éléments nouveaux, il rongeait son frein. Tant que durerait la tempête, il serait paralysé. D'après Temple, cela soufflait parfois longtemps. La dernière survenue à Epsylah avait duré cinq jours et quatre nuits.

Ça promettait.

**
*

Les promesses du temps furent effectivement tenues. La tempête avait duré exactement quatre jours. Au point que cette fois, Blade avait dû charger Brute d'abattre le plus affaibli des chevaux. Si bien que la veille au soir, ils avaient fait une véritable orgie de viande saignante. Pour l'occasion, les deux filles avaient même cessé de se chamailler. Maintenant, elles dormaient de nouveau, avec Brute allongé entre elles. On ne sait jamais.

Et le vent s'était enfin calmé.

Pas complètement, mais suffisamment pour tenter une sortie. Avec le risque de se perdre si la tempête le surprenait une fois loin de là. Mais Richard Blade avait traversé le temps et l'espace pour accomplir une mission. Alors, il quitta son coin, ramassa sa couverture et, sans bruit, il sortit dans la nuit.

Tout de suite, le sable lui fouetta le visage et des graviers lui cinglaient le corps à travers sa combinaison. Il s'enroula dans la couverture. Puis, se guidant à l'instinct plus qu'à la vue, il trouva enfin les chevaux réfugiés dans une excavation et sauta sur le dos du plus robuste.

Avec un peu de chance, il serait au lac avant l'aube.

Le temps s'était calmé et au terme d'une longue et difficile chevauchée, Blade avait enfin quitté la région des plateaux pour descendre dans la vallée où s'étendait le lac. A présent, l'horizon semblait moins sombre et la surface plane du lac était couverte d'une épaisse brume diaphane. Puis l'aube pointa et dans les premiers rayons mauves de l'astre du jour, la brume commença à se dissiper. Blade mit pied à terre, s'avança vers la berge et se figea sur place. La brume n'était plus qu'un halo irisé de violet et le décor reflété à l'infini sur le sombre miroir des montagnes noires était beau à couper le souffle. Mais ce qui venait d'arrêter Blade n'avait rien à voir avec ça.

Le lac était vide !

Ou presque. En fait, depuis sa dernière visite, le niveau avait tant baissé qu'il ne restait plus qu'une poche d'eau le long de la paroi noire et quelques filets qui ruisselaient encore çà et là dans la boue. Il abrita le cheval derrière une ligne de rochers et s'assit pour se reposer un peu. Pour attendre aussi. Il ne savait évidemment pas quoi, simple question d'instinct. Une attente qui dura longtemps et qui commençait à l'ennuyer. Il se releva, lança un long regard aux montagnes noires, comme si elles avaient pu répondre à toutes ses questions. Au loin, il distingua un oiseau qui tournait dans le ciel maintenant presque blanc de chaleur, le regarda disparaître, avant de s'avancer jusqu'à la berge. Il s'y accroupit, scruta le sol détrempé, ne vit rien de particulier. Il allait se redresser quand soudain un objet attira son attention. Un objet poisseux de boue, mais dont la forme caractéristique ne pouvait prêter à confusion.

Un fer à cheval !

Une soudaine exaltation s'empara de lui. Cette fois, il était certain de tenir enfin quelque chose. Son instinct ne l'avait pas trompé, cet endroit et ce lit de rivière à sec avaient presque sûrement un rapport avec ce qu'il cherchait ; c'est-à-dire un passage vers le royaume de Balakah. Evidemment, ce fer à cheval pouvait se trouver là pour des milliers de raisons, mais Blade se fiait à son instinct.

Il retourna à son cheval, décida d'attendre encore. Au moins jusqu'au soir. De toute façon, Brute et les autres savaient maintenant où le retrouver. Mais il n'avait pas encore rejoint le cheval qu'un bruit mou provenant du lac s'éleva dans l'air matinal. Blade se retourna, vit naître une série de grosses bulles à la surface de l'eau. Juste au pied de la paroi sombre. Intrigué mais circonspect, il s'accroupit à l'abri des rochers et se mit à observer le phénomène. Il y eut d'autres bulles, puis une sorte de bouillonnement qui enfla rapidement. Bientôt, s'extirpant avec difficulté du tumulte des eaux, enfla une gigantesque bulle. Elle montait doucement, crevant la surface de l'eau comme un monstre trop prudent. Mais lorsqu'elle émergea du bouillonnement la bulle éclata dans un « flop » sonore qui résonna de roche en roche. Soudain, une chose informe en sortit, puis une autre sphère monta. Et une troisième, une quatrième...

De plus en plus intrigué, Blade s'attendait à tout. C'était maintenant des centaines de bulles gigantesques qui éclataient à la surface de l'eau, libérant des formes mouvantes encore dissimulées par l'écume. Blade plissa les yeux pour mieux voir et, dans l'aurore violine, incrédule et fasciné, il vit les « choses » jaillir du lac en rangs serrés.

Des cavaliers !

Par dizaines. Issus de l'eau comme par enchantement, habillés de cuir noir et de métal que les lueurs de l'aube faisaient luire de mille éclats.

— Les Tasks !

Ça ne pouvait être qu'eux, en tenue de cuir noir et de métal, comme le gant...

A quelques centaines de mètres des Montagnes Noires, Blade était le témoin de la plus étonnante manifestation. Il tenait là quelque chose de fantastique. D'incroyable aussi. Car Blade ne comprenait pas comment hommes et chevaux pouvaient ainsi séjourner sous l'eau. A moins qu'ils ne soient les uns et les autres dotés de branchies... ou que leur immersion ne soit très courte.

C'était ça. Presque sûrement.

Il y avait sous la surface du lac une ouverture dans la paroi de roche noire. Une ouverture qui permettait de communiquer avec le royaume de Balakah.

Subjugué, Blade suivit des yeux la horde noire qui jaillissait sur la berge. Il avait trouvé. Il avait trouvé le passage. Un géant placé en tête de la troupe lança un ordre et les chevaux partirent au galop, franchissant la limite des plateaux, pénétrant dans la zone balayée par les vents. Ainsi, toutes traces de sabots seraient effacées.

Bien calculé.

Car Blade en était certain, tout avait été soigneusement programmé. Y compris l'abaissement des eaux du lac. Ceci précisément pour rendre le temps d'immersion de la troupe le plus restreint possible. Aussi, dès que la horde eut disparu se mit-il à courir vers la muraille. Vers l'endroit le plus proche du point d'émergence. Si son raisonnement se tenait, il fallait faire vite. Il en eut presque aussitôt confirmation. Déjà, le bouillonnement avait repris et les eaux commençaient à remonter. Dans peu de temps, plus rien ne paraîtrait de la sortie secrète des Tasks. Le lac aurait retrouvé son niveau normal et sa surface son aspect lisse et tranquille.

Lorsqu'il arriva sur place, l'eau était déjà remontée d'un mètre. Comme si d'énormes vannes invisibles s'étaient ouvertes. Mais Blade voulait savoir à tout prix. Et pour cela, une seule solution : plonger.

Le temps pressait.

Les eaux montaient de plus en plus vite.

Blade se débarrassa de sa combinaison, se jeta à l'eau, disparut dans les puissants remous. Luttant de toute son énergie contre cette force qui le repoussait sans cesse vers les rives, il se mit à nager.

Les remous avaient soulevé la vase jaunâtre en nuages épais. L'eau était glacée et il devait sans cesse se battre contre le courant fou. Enfin, après ce qui lui parut être des siècles d'efforts, il parvint à plaquer ses mains à la muraille et il ouvrit de nouveau les yeux, cherchant avidement l'hypothétique ouverture.

Mais la paroi était lisse.

Il remonta prendre de l'air, replongea, répéta l'opération jusqu'à la limite de l'épuisement. C'était fichu. Il n'arriverait à rien de cette façon. Les poumons en feu, il allait remonter pour la dernière fois quand, subitement, ses mains trouvèrent le vide devant elles. Galvanisé, il rouvrit les yeux, essaya de percer le nuage jaune, avança, et cria intérieurement de joie.

Une ouverture !

Haute et large d'environ huit mètres, irrégulière comme celle d'une grotte naturelle. Encore plus foncée que la paroi sur laquelle les rayons du jour se réverbéraient encore un peu. Mais l'air lui manquait trop, dans deux secondes, sa bouche s'ouvrirait ou ses narines chercheraient de l'oxygène. Il fallait remonter. Il lâcha la roche, battit des jambes, se propulsant vers la surface le plus vite possible. Il jaillit à la surface comme un boulet, aspira goulûment cet air si précieux, réfléchit, décida d'opérer de manière plus rationnelle. Il revint à la berge, récupéra ses forces, déchira une large bande de couverture, la noua autour d'une pierre assez lourde et se passa le tout autour de la taille. Puis, ainsi lesté, il retourna au lac et s'y jeta sans hésiter. Puis, arrivé à l'endroit repéré, il gonfla ses poumons et se laissa couler.

Cette fois, sa descente fut si rapide qu'il en fut presque surpris. Il distingua l'entrée de la grotte, s'y engagea, s'enfonça dans le noir. En espérant très fort trouver une issue émergée. Car il avait été trop loin pour rebrousser chemin. Déjà, l'air lui manquait. Il essaya de remonter, se heurta presque aussitôt à la voûte. Il sentit la peur commencer à poindre en lui. Ses poumons étaient de nouveau près d'éclater. Il nagea plus fort, remonta, rencontra la même voûte. Toujours immergée. Maintenant, la peur devenait presque panique. Alors, perdu pour perdu, utilisant ses dernières forces, il nagea le plus vite possible.

Jusqu'à ce qu'un gong commence à sonner dans sa tête.

Un gong infernal qui lui criait sa mort.

Puis ses pensées devinrent confuses et d'un seul coup, il sentit un formidable courant l'emporter. Il ouvrit des yeux fous, ne vit que du noir, fut ballotté de toutes parts, quelque chose s'abattit violemment sur son crâne et il eut un formidable éblouissement. Comme cela arrivait au cours des translations.

Mais cette fois, il savait vers quelle dimension il allait.

Celle de la mort.

CHAPITRE XII

Blade était mort.

Son corps n'était à présent qu'une vulgaire enveloppe de chairs molles et inutiles. Il se sentait vaguement flotter dans un néant absolu, il n'était plus qu'une entité errante dont seul l'esprit subsistait encore un peu et où des milliers de souvenirs confus s'entrechoquaient. Un bourdonnement ouaté l'enveloppait, presque agréable. Il se laissa flotter ainsi dans les ténèbres de la mort.

Mais alors qu'il admettait enfin l'inéluctable fatalité, ses pensées cessèrent de tournoyer et il sentit ses sens lui revenir peu à peu. Puis quelque chose s'agrippa à son poignet et il comprit qu'il nageait sur un sol.

Un sol sec !

— Richard Blade ?

Sans qu'il puisse l'identifier formellement, cette voix familière lui fit du bien.

— Richard Blade... Tu m'entends ?...

C'était Ali. A présent il en était certain. Doucement il ouvrit les yeux. Tout était flou et sombre autour de lui. Puis sa vision s'éclaircit graduellement et il reconnut enfin le visage d'Ali. Pour la première fois, ses yeux habituellement chargés de froide ironie trahissaient un soupçon de douceur. Répandu sur le sol déjà chaud, il voulut bouger, mais une douleur cuisante lui vrilla le crâne.

— Ne bouge pas, Richard Blade... Pas encore.

Il sentit qu'elle lui pansait le cuir chevelu à petits coups légers et il railla :

— Je ne suis donc pas mort.

— Seulement assommé. Tu as eu beaucoup de chance, Richard Blade. Beaucoup. Sans ce reflux violent des eaux qui t'a propulsé à la surface du lac, tu serais resté au fond.

— Je n'étais pas au fond, corrigea Blade.

Elle cessa d'éponger le sang qui sourdait de sa plaie au crâne pour le fixer d'un air incrédule.

— Que dis-tu ?

Blade décida de tout lui dire. Quand il eut terminé, le regard d'Ali était fixe.

— Ainsi, dit-elle songeuse, tu as trouvé le passage vers le royaume de Balakah.

— Simple supposition, rectifia encore Blade dont les forces revenaient lentement. Mais au fait, que fais-tu ici ?

Ali eut un petit sourire presque mutin pour avouer :

— Je t'ai vu partir, très tôt ce matin. La nuit était encore noire et la tempête hurlait. J'avais deviné où tu allais. J'étais inquiète. Alors pendant que les deux autres dormaient, j'ai sauté à cheval pour te suivre.

Son sourire redevint ironique quand elle ajouta :

— Pour le cas où tu aurais besoin d'aide.

— Merci, fit Blade, sincère. Mais alors... tu as donc vu les cavaliers tasks surgir de l'eau ?

— Et aussi le lac s'enfler pendant que tu t'y enfonçais. Quand je ne t'ai pas vu remonter, j'ai cru que tu étais mort.

Il s'en était effectivement fallu de peu.

— Tu es venu me chercher au milieu du lac ?

— Non. C'est toi qui as nagé jusqu'à la berge.

L'instinct de conservation n'était décidément pas un vain mot.

— S'il me fallait une preuve que tu es bien un être venu d'ailleurs, je l'aurais maintenant, dit encore Ali, de plus en plus songeuse.

— Pourquoi dis-tu cela ?

— A cause de ces explications que tu viens de donner sur la durée de ta réserve d'air sous l'eau. Ici, qu'on soit amnèse, ilaho ou, je suppose, task aussi, nous pouvons tous séjourner sous l'eau beaucoup plus longtemps que toi.

— Même les animaux ?

Blade songeait aux chevaux des Tasks.

— Oui.

Blade comprenait désormais mieux ce qu'il avait vu. Ils conservèrent le silence un moment, puis Ali questionna :

— Comment te sens-tu, à présent ?

— Ça va, répondit-il.

— Il faut retourner chercher Brute et... cette Temple.

La jeune Amnèse lui restait décidément en travers de la gorge. Malgré les élancements douloureux de sa tête, Blade esquissa un sourire. Mais les problèmes de cohabitation des deux filles lui semblaient à présent extrêmement secondaires. Il secoua la tête, déclara en se relevant :

— Moi, je reste ici. Toi, tu vas chercher les autres.

— Mais...

— Si les Tasks reviennent entre temps, je veux assister à leur passage. Dépêche-toi.

Un instant, il crut que la jeune Ilaho allait faire un éclat, puis, d'un coup, elle se calma et, se hissant sur la pointe des pieds, elle lui déposa un baiser presque chaste au coin des lèvres en murmurant :

— Garde-toi, Richard Blade. Je... je ne veux pas qu'il t'arrive malheur.

Il lui sourit, lui prit le visage à deux mains, planta son regard dans le sien et répondit, rassurant :

— Il ne m'arrivera plus rien. Va.

En réalité, rien n'était moins sûr. Mais le Projet DX ne l'avait pas catapulté à des milliards d'années lumière pour qu'il fasse attention à lui. Il était là pour une mission précise, et il ferait tout pour la mener à bien.

Même au prix de sa vie.

Mais Blade ne courut aucun danger durant la journée qui suivit. Et quand les chevaux de ses amis se découpèrent sur le fond indigo du crépuscule, les Tasks n'étaient pas réapparus. Tout de suite, Temple bondit dans ses bras et Brute questionna, la mine farouche :

— Il paraît que tu as trouvé le passage, Richard Blade le Têtu. C'est bien. On va pouvoir tuer ces chiens et délivrer notre Princesse bien-aimée.

Son gros poing était déjà crispé sur la poignée de son sabre. Blade le calma :

— Pas si vite. Il faut d'abord passer, puis trouver l'endroit où Balak retient Esyl.

— Allons-y, s'impatienta le colosse. Ali nous a

expliqué. Si tu as trouvé le passage, on n'a pas besoin d'attendre le retour des Tasks.

— Si justement. On va les attendre.

— Pourquoi ?

Brute paraissait vraiment étonné. Blade ouvrit la bouche pour expliquer, quand Ali vint carrément s'enrouler autour de lui sous l'œil furibond de Temple.

— Il a raison, lança-t-elle à l'eunuque. D'abord parce qu'ils nous ouvriront le chemin, ensuite parce qu'ainsi, nous ne risquerons pas de les voir nous arriver dans le dos.

Ce genre de subtilité échappait visiblement à Brute, mais il se contenta de grogner quelque chose d'inintelligible avant de s'occuper des chevaux. Blade repoussa gentiment les deux filles, lança un regard désenchanté à l'horizon où aucun guerrier task n'apparaissait et déclara en désignant le lac :

— Je vais retourner voir au fond.

— Non, s'interposa aussitôt Ali. Moi. Ma constitution est mieux adaptée que la tienne à l'immersion prolongée.

— Non, intervint aussitôt Temple en se portant en avant pour venir se plaquer de nouveau contre Blade. Contrairement à ces fouisseurs de grottes, les Amnèses vivent au grand air, eux. Je serai plus efficace.

— Comment as-tu dit, espèce de stupide sans mémoire ?

— Je vais te...

Blade arrêta Temple qui se ruait déjà vers Ali, tous ongles pointés.

— Ça suffit, vous deux. Je...

— Les Tasks ! Les Tasks !

La voix de Brute les avait figés sur place. Blade

tourna la tête dans la direction indiquée par le géant et distingua effectivement le nuage de poussière à la lisière des plateaux. D'abord, il crut qu'il était soulevé par un nouvel assaut du vent, puis une tache noire surgit en son centre, suivie de plusieurs autres.

— Les Tasks, fit Temple en écho.

Déjà, Blade entraînait tout son monde à l'abri de la ligne des rochers bordant le ravin et ordonna à Brute de faire coucher les chevaux. S'ils se faisaient prendre maintenant, ils seraient massacrés.

— S'ils passent par le fond du lac, dit Blade, on les suit.

Mais les Tasks ne plongèrent pas. A quelques mètres des berges, les cavaliers organisèrent un bivouac. Avec feu et nourriture en broche. A moins de trois cents mètres, à l'abri des rochers, Blade et ses compagnons ne les quittaient plus des yeux. Attachés devant leurs selles, il y avait maintenant de gros ballots étroitement ligotés qu'ils ne transportaient pas la veille. A grand renfort de cris et de rires gras, ils burent et mangèrent jusqu'à ce que l'astre du jour disparaisse derrière la ligne des plateaux.

Puis l'un d'eux, le géant qui semblait être leur chef, se leva en rotant très fort et alla palper les ballots les uns après les autres. Soudain, l'un d'eux se mit à onduler et des cris étouffés s'élevèrent dans le soir. Les Tasks éclatèrent de rire et le chef coupa les liens du ballot qui tomba à terre. Alors, à la stupeur de Blade, l'enveloppe en peau du ballot se déroula, et une forme humaine en jaillit en vociférant.

Une femme !

Ou plutôt, une enfant.

— Ça y est, fit sombrement Temple en tremblant de rage. Ils sont retournés à Epsylah. Ils ont volé des filles.

Dans la dimension de Blade, la petite Amnèse aurait encore joué à la poupée. Gracile, ses longs cheveux blonds voletant au vent, seulement vêtue d'une mince chemise claire qui couvrait à peine ses petites fesses rebondies, elle se jeta sur le grand Task en lançant des cris aigus. Le guerrier en noir éclata d'un nouveau rire, la gifla à toute volée, l'envoyant dans la poussière à plusieurs mètres de là. Groggy, l'infortunée se mit à pleurer doucement en dodelinant de la tête d'un air misérable. Un grognement de haine roula dans la gorge de Brute. Blade l'arrêta au moment où il allait bondir vers les Tasks.

— Non, fit-il durement. Tu ne réussirais qu'à nous faire tuer et ça n'arrangerait pas le cas de la petite.

Prudence qui coûtait beaucoup à Blade dont la rage intérieure bouillonnait comme un volcan.

Comme dans un cauchemar, ils virent le grand Task sauter à cheval et se courber contre le flanc de l'animal pour attraper la fillette au passage par un bras. D'une puissante traction, il la hissa devant lui sur sa selle, et, sous les rires excités de ses hommes, il défit le devant de son large pantalon de cuir noir.

Près de Blade, Brute gronda de plus belle.

— Ne bouge pas, ordonna encore Blade. Tu nous ferais tuer et la princesse Esyl serait à jamais perdue.

Mise en garde qui calma quelque peu le colosse. Mais dans ses petits yeux cruels, des lueurs sauvages s'étaient allumées. Pendant ce temps, le chef task avait sorti un énorme priape de son pantalon et il en faisait courir la sombre et monstrueuse extrémité sur les reins de la jeune Amnèse.

— Oh non ! gémit Temple à côté de Blade. Non !

C'était affreux. La colonne de chair durcie semblait pouvoir traverser plusieurs jeunes filles de cette corpulence. Avec horreur, Blade vit le Task hisser la fillette en pleurs au-dessus de lui, avant de la faire lentement redescendre sur le membre dressé. D'abord doucement, comme pour chercher sa voie, puis, d'un seul coup, lorsqu'il l'empala sur lui.

Le hurlement de la petite Amnèse dut s'entendre jusqu'à Epsylah, tant il fut aigu, violent et long. Puis le Task éperonna sa monture et le cheval partit au galop droit devant lui, avant de revenir pour galoper en un large cercle tout autour du campement. Sous les vivats déchaînés des autres cavaliers.

Un viol inhumain qui dura longtemps.

Si longtemps que les cris de la pauvre enfant finirent par cesser sous l'effet de l'épuisement. Près de Blade, Brute grognait sans discontinuer et Temple pleurait doucement. Quant à Ali, le regard fixe et la bouche ouverte, elle semblait tétanisée par l'odieux spectacle. A cet instant, Blade se rendit compte qu'elle avait enfoncé ses ongles dans son bras à lui. Si fort que du sang commençait à en sourdre. A cet instant, il n'aurait pas su dire quel sentiment exact tendait ainsi son petit visage figé.

L'horreur et la fascination sont parfois d'étranges cousines.

Enfin, le cheval s'arrêta, le grand Task arracha sa proie de lui et, dans un dernier grand rire, il attrapa l'enveloppe en cuir que lui tendait un de ses hommes, l'enroula autour de la jeune Amnèse pantelante et, sans façon, la jeta en travers de sa selle comme un paquet de vieux linge.

La fête était finie.

Un instant plus tard, alors que cette fois le ciel n'était plus éclairé que par un halo mauve sombre, le chef task lança vers l'horizon un long sifflement aigu et les témoins atterrés du viol virent bientôt surgir le grand rapace noir déjà aperçu par Blade à leur premier passage. Le grand guerrier task lui tendit son poing, l'oiseau s'y posa un moment, parut écouter ce que lui disait l'homme à voix basse, avant de s'envoler de nouveau pour monter comme une flèche vers le sommet de l'immense muraille de glace noire. Blade et les autres le virent disparaître, puis ils ne virent plus rien.

Le ciel basculait dans la nuit.

Ils attendirent longtemps. Enfin, alors que Blade commençait à redouter qu'ils passent tous la nuit là, la surface du lac maintenant éclairée par l'astre de nuit se remit à bouillonner. Si fort qu'on aurait cru qu'un monstre allait en surgir en hurlant. Mais ce que Blade distinguait à présent le comblait d'une sourde joie.

Les eaux du lac baissaient.

A cet instant, les cavaliers levèrent précipitamment le camp, éteignirent le feu, dispersèrent les cendres dans l'eau et sautèrent sur leurs chevaux. Quand Blade les vit engager leurs montures dans l'eau, il donna ses ordres à voix basse.

— Temple, tu chevaucheras avec moi. Ali, tu ouvriras la marche, Brute, tu la fermeras. Qu'on relie les bêtes par leurs longes. Pour ne pas nous perdre. Nous entrerons dans l'eau derrière leur dernier cavalier.

Tout le monde opina en silence. Même Ali en oublia de fustiger Temple qui allait partager le cheval de Blade. Quand un peu plus tard, le dernier Task disparu, ils poussèrent les bêtes dans l'eau, ces dernières renâclèrent un peu, avant de se décider enfin à suivre leurs noirs congénères. Mais à peine furent-elles immergées jusqu'au garrot qu'un formidable courant venu du fond les aspira et Blade n'eut qu'à peine le temps de s'emplir les poumons d'air avant de sombrer à son tour dans les noires profondeurs.

Une descente aux enfers qui fut interminable. Déjà, l'oxygène commençait à manquer à Blade. Sous lui, son cheval s'était mis à gesticuler et à ruer. Comme si lui aussi avait éprouvé des difficultés. Il se dit qu'il n'arriverait jamais vivant où les Tasks allaient, mais au moment où déjà sa poitrine était secouée des premiers spasmes du manque, il sentit une bouche douce et tendre venir se poser sur la sienne et un souffle menu et filé vint le soulager.

Temple lui faisait présent de son souffle !

Charivé d'émotion, Blade voulut refuser, mais la main de Temple saisit la sienne pour la serrer avec force en un message muet et volontaire. Alors, il se laissa faire.

Mais hélas, l'air contenu dans les poumons de la jeune Amnèse était maintenant trop pauvre et Blade fut bientôt de nouveau secoué par les spasmes redoutables. Ne voulant pas priver Temple de ses dernières réserves, il s'arracha d'elle, bien décidé à lutter seul.

CHAPITRE XIII

Blade se sentit perdu. Il ne savait plus où il était. Où se trouvait le haut, le bas. Dans son esprit tout s'embrouillait. Il allait mourir. Engourdi par le froid, il sentait à peine ses membres endoloris. Le temps durait. Personne ne pouvait demeurer aussi longtemps immergé. Du moins dans sa dimension. Incroyable ! Soudain, à bout de forces, il se sentit violemment secoué. Il essaya d'ouvrir les yeux. Mais il ne vit rien. Toujours l'obscurité. Puis sa monture sembla déraper sur quelque chose de dur et dérapa sur le côté. Sa ruade affolée faillit le désarçonner. Il se sentit glisser de la selle. Dans un ultime effort il se redressa. Mais cette fois c'en était fini. Ses poumons explosaient vraiment. Ne pouvant plus leur commander, il ouvrit la bouche, aspira et...

Et il comprit qu'il venait d'émerger !

Il pouvait à nouveau respirer ! Cette fonction banale l'emplit d'une joie formidable. Il haletait. Remplissait profondément ses poumons de cet air qui lui manquait tant. Il en toussait. S'étouffant presque. Il avait réussi !

Encore sous le choc, les yeux et les cheveux dégoulinants, et dans l'obscurité qui l'entourait, il aperçut une

lueur dansante. Droit devant lui, mais déjà assez loin.
Comme au bout d'un long tunnel. Et puis des bruits de
sabots qui s'éloignent lui parvinrent.

Les Tasks.

Le tempo des sabots résonnait douloureusement sous
son crâne, la tête lui tournait, mais ils avaient réussi !

— Richard Blade !

Tout contre lui, il sentit Temple lui baiser tendrement les lèvres et il se rendit compte que depuis cet
étrange sauvetage qu'elle lui avait prodigué, elle n'avait
pas lâché sa main un seul instant.

Temple était belle aussi de l'intérieur.

Tandis que Blade récupérait ses facultés, son cheval
réussissait à se hisser complètement hors de l'eau. Sur
une espèce de rampe, un pan incliné qui aboutissait à
un large tunnel que les lointaines torches des Tasks
révélaient à leur vue. Blade vit Brute qui lançait déjà
son cheval en avant.

— Brute ! Pas encore !

Il n'aurait plus manqué qu'ils se fassent repérer
maintenant. Brute calmé, Blade capta le regard d'Ali
posé sur lui. Un regard où de nouveau brillaient les
feux de la jalousie. Passant outre, il repéra un peu plus
haut une large caverne sur la droite et légèrement en
surplomb et souffla :

— Ali ! Le briquet.

Tout là-bas, la lueur des torches avait disparu. La
jeune Ilaho sortit l'objet de sa bouche où elle l'avait
protégé de l'eau. Elle le battit et la galerie apparut plus
nettement. Large et creusée dans la roche noire, ses
parois formaient une sorte de tunnel voûté en demi-
cintre, au fond duquel, au-delà des échos des sabots de
chevaux, on percevait comme une sourde rumeur

mécanique. Au même moment, un grondement naquit derrière eux et l'eau bouillonna avec puissance en remontant le long de la rampe. Par un mystérieux système invisible, le lac se remplissait de nouveau. Blade éclaira devant eux, distingua la limite du mouillé et du sec sur la roche de la rampe. Un peu avant la caverne. A partir de là, ils ne risquaient plus rien. Il poussa les chevaux en avant, puis arrivé au sec, il sauta à terre et désigna la grotte :

— Attendez-moi ici, commanda-t-il.
— Je veux aller avec toi, dit Brute.
— Non.
— Je... commença Temple.
— Non, coupa Blade.

Son regard croisa de nouveau celui d'Ali, mais elle détourna le sien en hochant silencieusement la tête. Elle avait compris et elle savait qu'il avait raison. Seul, il serait beaucoup moins repérable.

— Sois prudent, supplia Temple.

Ali laissa passer un feulement de mépris entre ses lèvres serrées, mais déjà Blade avait disparu. Glissant prudemment le long de la paroi, il se mit à progresser dans la direction suivie par les Tasks. Le tunnel était long, mais il distingua bientôt de nouveau la lueur indécise des torches. Maintenant, les bruits mécaniques ressemblaient à ceux que produit un atelier d'usine. Blade se hâta, arriva à la fin de la galerie qui s'achevait sur un autre plan incliné aboutissant lui-même à un brusque coude. Là, il cogna le haut de son crâne déjà blessé contre une saillie aiguë de la roche qu'il n'avait pas vue, vit en revanche toute une série d'étoiles passer devant ses yeux, secoua la tête comme un boxeur sonné, se coula dans l'ombre. Enfin, faisant corps avec la roche noire, il risqua un bref regard à l'angle de la paroi.

Et il découvrit le décor.

La galerie débouchait sur une vaste grotte donnant sur l'extérieur et ouverte sur un quai abondamment éclairé de torches fumantes. Les flammes dansaient sur les parois lisses et noires de la grotte, éclairant le spectacle dantesque d'une nuée d'homme nus et hâves, maigres à faire peur et affairés à manœuvrer de grosses roues métalliques. Des roues crantées qui en tournant, actionnaient les crémaillères d'énormes panneaux d'écluses.

Le système qui commandait les eaux du lac !

Maintenant, Blade comprenait la raison de l'énorme poussée de l'eau qui l'avait refoulé une première fois dans le lac, puis, quelques instants plus tôt, les avait littéralement aspirés avec leurs montures. Une force prodigieuse commandée d'ici même, par cette petite armée d'ombres grises. De véritables zombis enchaînés entre eux et gaillardement fouettés par quatre brutes transpirantes. Tous grisâtres et silencieux, avec pour les premiers des expressions hagardes dénonçant clairement ce qu'ils étaient.

Des esclaves.

Regroupés sur le quai, les guerriers tasks s'affairaient en braillant à pousser leurs montures sur la large passerelle d'une galère à la structure basse et massive, où des rangées de rameurs attendaient immobiles sous les regards bestiaux de deux monstres de chair armés de fouets. Ils étaient ivres et leurs gestes trop lourds. Les chevaux renâclaient et pour les faire se hâter, les brutes les frappaient à coups de plat de sabre. Les imbéciles. Blade avait depuis longtemps gravé les traits de leur chef dans sa mémoire. Il pensait à la petite Amnèse violentée plus tôt. S'il en avait l'occasion...

« Boum, boum. »

A la poupe, bien campé sur un large plat-bord légèrement en surplomb, un batteur de tambour s'apprêtait à rythmer la cadence en se faisant la main sur la peau tendue du gros instrument. Tandis qu'on poussait les chevaux dans l'ouverture d'un pont inférieur, Blade laissa courir son regard au-delà du quai. Sur une immense surface scintillante et aux limites invisibles. Un autre lac. Ou bien une mer. Et de chaque côté, aux extrémités du quai, la gigantesque muraille noire et brillante reprenait ses droits.

Blade avait traversé les montagnes noires.

Il était au royaume de Balakah.

Maintenant, il fallait prendre une décision. Seul, il aurait sans doute tenté d'assommer un Task pour lui voler son uniforme. Grâce au phénomène translatoire, il était capable de comprendre et de s'exprimer sans peine dans toutes les langues rencontrées. Avec un peu de chance, il aurait peut-être réussi à s'infiltrer dans le groupe. Mais il avait laissé Brute et les deux filles derrière lui.

— Pressons ! hurla le chef des Tasks en envoyant un coup de pied au dernier cheval qui embarquait.

A ses pieds bottés de noir, il y avait le ballot. Celui qui renfermait la petite Amnèse désespérée. Blade éprouvait des envies de meurtre et se maudissait de ne rien pouvoir faire pour le moment. Mais plus tard...

Pour Blade, tout était maintenant clair. Cette fois, il était bel et bien sur la piste de la Princesse Esyl. Restait à trouver le moyen de remonter jusqu'à elle.

Si elle était encore en vie...

Mais dans l'esprit de Blade, la décision avait du mal à s'opérer. Faute d'emprunter cette unique galère ou de forcer leurs chevaux à traverser toute cette eau à la nage, il ne voyait pas comment faire pour suivre les Tasks jusqu'à leur destination. En fait, bien qu'ayant fait un pas immense en direction d'Esyl et de Balak, il avait nettement l'impression d'être désormais bloqué dans cette grotte dantesque. Finalement, il ne voyait qu'une solution. Hasardeuse, certes, mais c'était la seule.

L'embarquement clandestin.

Sans Brute et sans les filles. Maintenant qu'ils connaissaient le passage...

— Non, non !

Blade tourna la tête vers les roues des écluses. Légèrement en contrebas, sur la galerie de roche noire qui bordait le bassin, un jeune esclave venait de tomber et les gardes-chiourme s'étaient rués sur lui. Les coups de fouet pleuvaient et le pauvre malheureux se roulait à terre en geignant de souffrance. Soudain, un des cerbères lui envoya un grand coup de pied dans le ventre et l'autre se mit à vomir en hoquetant le martyre. Ecœuré, Blade allait détourner son regard, quand le voisin direct de l'infortuné voulut lui porter secours. Aussitôt, un des gardes jusqu'alors demeuré à l'écart, le seul qui portât une arme véritable, se rua, arracha le glaive épais qui pendait à sa ceinture et, avec un « han » rageur, il décapita l'imprudent d'un seul coup. Blade vit avec horreur la tête rouler sur la pierre noire, avant de disparaître dans les remous bouillonnants. Alors, d'un deuxième coup de glaive, le monstre sectionna la jambe du malheureux encore secoué de convulsions, libérant ainsi le bracelet d'acier qui enserrait sa cheville.

Dix secondes plus tard, le cadavre avait rejoint la tête.

L'incident était clos.

Au bord de la nausée, Blade se détourna. Le cerveau en ébullition, il ne parvenait pas à prendre sa décision. Abandonner Brute et les filles...

— *Rama !*

Le hurlement frappa le dos de Blade comme un coup de poignard. Le cœur près d'éclater, il tourna la tête et crut devenir fou.

Temple !

Temple l'avait suivi ! Elle était là, hurlante et échevelée, les yeux hallucinés, se précipitant mains en avant, passant devant lui sans le voir, sautant sur la roche noire du bassin d'écluse pour s'effondrer en sanglots sur le corps lacéré de l'esclave qu'on venait de fouetter.

— Rama ! hurla-t-elle encore. Rama ! Par tous les dieux, qu'est-ce qu'ils t'ont fait !

CHAPITRE XIV

— Rama ! Je te croyais mort !

A genoux aux pieds de l'esclave, les bras serrés autour des jambes du supplicié, Temple pleurait maintenant doucement.

Blade était paralysé. Il ne pouvait rien faire sans compromettre sa mission.

Du bout de ses doigts, l'esclave ému parcourait le visage de la jeune Amnèse.

— Laene ?... Laene c'est bien toi ?...

— Oui, Rama, c'est moi, ta petite sœur !

Temple levait ses grands yeux rougis de larmes sur cet homme décharné.

— Rama ! Que t'ont fait ces monstres ?

— Ce n'est rien, Laene. Ce n'est rien.

Un sourire altéré traduisait son amertume. L'esclave caressait avec tendresse les cheveux de sa sœur. Son regard plein de larmes faisait mal. Temple se releva. Elle effleura le visage barbu et couvert de pustules.

— Rama ! Je... Oh Rama !... Où est notre sœur Ziah !

— Je n'en sais rien, Laene... souffla l'esclave. Oh, pourquoi être venue !

Tremblant d'émotion, il repoussa sa sœur qui s'agrippait à lui. Mais les gardes, un moment figés par l'apparition inattendue de Temple, fondaient déjà sur elle.

— Ne la laissez pas s'échapper ! hurla l'un d'eux.

Une paire d'horribles gaillards en uniforme de cuir noir arrachèrent brutalement Temple à son frère. Un troisième assena un coup de poing ganté à l'esclave, lequel s'écroula au sol, la pommette éclatée.

Malmenée, écartelée par les gardes qui lui tenaient poignets et chevilles, Temple se débattait. Ses hurlements résonnaient dans la grotte comme autant de coups de glas.

— Blade... Blade... A l'aide... Au secours !...

A force de gesticuler, elle finit par se libérer un poignet. Elle griffa. Frappa du poing tout adversaire qui se trouvait à sa portée, jeta des coups de pied, lutta de toutes ses forces déclinantes contre l'évidence. Elle était perdue.

— Blade ! Au se...

Un coup à la nuque l'assomma net. Crucifié, Blade résistait de toute son âme pour ne pas foncer dans le tas. C'eut été du suicide et il le savait. Restait à espérer que les Tasks n'aient pas compris qu'elle appelait quelqu'un d'autre que son frère. En criant son nom, elle lui faisait courir de gros risques, mais comment lui en vouloir ?

— Il y en a un autre ! hurla le chef des Tasks. Fouillez partout. Qu'on le ramène. Mort ou vif !

C'était la catastrophe.

D'un bond en arrière, il recula dans la galerie, analysant la situation à chaud. Il allait se précipiter pour rejoindre Brute et Ali, quand il se souvint de la saillie. Celle contre laquelle il s'était cogné un peu plus tôt. Déjà, ses doigts fouillaient la roche noire. Quand ils trouvèrent enfin leur prise, les premiers Tasks tournaient à l'angle de la galerie. D'une traction prodigieuse digne des meilleurs grimpeurs de falaises, il se hissa à la force des doigts, parvint à poser un pied sur la fameuse saillie.

Il était temps.

Moins cinquante centimètres sous lui, torches en mains, la horde des Tasks se ruait dans la galerie. Si l'un d'eux avait la mauvaise idée de lever les yeux, Blade était fichu. Mais aucun ne le débusqua et soudain, très loin, Blade entendit des cris provenant du fond de la galerie.

Puis les Tasks réapparurent. Portant trois des leurs baignant dans leur sang, ainsi qu'une autre forme. Gigantesque.

Brute.

Le corps lacéré, ensanglanté aussi, le colosse semblait mort.

Blade sentit une boule se nouer dans son estomac. Là non plus, il ne pouvait intervenir. Mais en voyant apparaître également deux chevaux sur les trois qu'il leur restait, une bouffée d'espoir le galvanisa.

Ali avait échappé au massacre. Elle avait même sauvé un cheval !

La troupe des Tasks passa de nouveau sous Blade, heureusement trop occupée par sa prise pour lever les yeux. Un miracle. Car cette fois, elle arrivait de face.

Au retour des guerriers tasks dans la grotte, les esclaves excités par toute cette sauvagerie se mirent à tirer sur leurs chaînes, gesticulant, ruant dans leurs entraves jusqu'à s'en entamer les chevilles sous la morsure du métal. Devenu leader malgré lui, Rama était toujours agenouillé près de sa sœur. Malgré les coups de fouet qui pleuvaient sur son corps ensanglanté. Soudain, il se dressa en brandissant les poings et se mit à hurler :

— Je la vengerai ! Je vous égorgerai tous de mes propres mains. Je piétinerai votre sang au nom de ma famille...

N'ayant que faire de la rancune des esclaves, les Tasks les laissèrent pour compte. Tous embarquèrent avec précipitation à la lueur des torches fumantes, emportant les corps de Brute et de Temple qu'ils jetèrent à fond de cale.

Alors, tandis que les cerbères frappaient à tour de bras sur les esclaves, tandis que le pauvre Rama retombait sous les coups de fouet, le tambour résonna sur la galère et cette dernière quitta le quai pour s'enfoncer dans la nuit. Rongeant son frein, Blade attendit de voir le fanal de sa poupe se perdre dans la brume, puis, tirant le sabre de sa ceinture, il se précipita dans la grotte. Sa grande silhouette sombre apparut dans la lumière fumante des torches, projetant son ombre fantomatique sur les parois inégales et ce fut un esclave qui le vit le premier. Un vieux tout édenté qui ouvrit une bouche muette de saisissement. A cet instant, celui qui frappait toujours Rama tourna la tête, mais il était trop tard. D'un revers de lame fulgurant, Blade lui trancha la gorge. D'une oreille à l'autre. Le fouetteur émit un borborygme affreux, lâcha son fouet, battit des bras en arrière et, se laissant soudain tomber à genoux, il inonda la pierre noire de son sang jaillissant. Un autre garde hurla quelque chose, Blade vit passer une lanière de fouet au ras de son visage, sauta de côté, feinta, abattit de nouveau son sabre. Mais l'autre avait déjà eu le temps d'esquiver. A son tour, il arracha son arme de son fourreau et se lança aussitôt dans une série de moulinets assassins, tandis que ses semblables, lames hautes et regards féroces, se ruaient à leur tour sur Blade.

Mais Blade avait prévu le cas.

D'un autre bond, il évita un sabre, feinta de nouveau, rata ensuite sa passe, mais parvint quand même à blesser le poignet du deuxième assaillant. Celui-ci couina de douleur, lâcha son arme, recula en regardant sa main qui pendait, tendons sectionnés.

Ce fut sa perte.

Se détendant comme un ressort, le bras de Blade avait de nouveau frappé. Sa lame fouetta l'air avec un chuintement sinistre, s'abattit de nouveau, mais sur le crâne du cerbère. Un crâne qui s'ouvrit en deux comme un fruit, libérant beaucoup de sang et... un tout petit peu de cervelle. Mais Blade n'avait pas le temps d'ironiser. Fou de rage, le troisième garde se jeta à son tour à l'assaut. Mais celui-là devait être encore plus bête que le précédent. Il ne vit pas le mouvement de Blade et vint s'empaler de lui-même sur la terrible lame. Traversé de part en part, il hoqueta stupidement, écarquilla de grands yeux idiots et étonnés, avant d'ouvrir une bouche démesurée d'où jaillit un flot de sang. Touché en plein cœur, il s'écroula dès que Blade eut arraché sa lame de lui.

Pour la pointer en direction du dernier garde-chiourme.

— Non ! non ! hurla soudain celui-ci. Non ! Ne me tue pas !

Il n'était qu'un garde. Pas un guerrier. Comprenant

qu'il n'aurait aucune chance contre ce démon jailli du néant, il s'était vivement reculé et venait de lâcher son arme qui sonna sur le sol. Blade hésita, et dans le silence soudain lourd des esclaves médusés, il jeta sèchement :

— Donne-moi une seule bonne raison de t'épargner, chien.

— Epargne-le, Seigneur inconnu, lâcha alors une voix parmi les esclaves. Celui-là nous donne parfois de la nourriture en cachette.

Blade vit alors le vieillard édenté tirer ses chaînes vers lui en écartant ses compagnons. Il semblait près de mourir, tant sa maigreur était effrayante. Pourtant, il émanait de lui comme une force intérieure indestructible.

— Mon nom est Tani, lâcha-t-il de sa voix caverneuse. Autrefois, on m'appelait Trani-le-Brave. J'étais alors un chef de guerre amnèse et j'étais jeune et fort.

Blade hocha la tête.

— Je te salue, Tani-le-Brave, dit-il. Mon nom est Richard Blade et je viens de très loin pour retrouver la princesse Esyl.

Au nom d'Esyl, un murmure monta des rangs esclaves. Les regards ternes s'étaient allumés et Blade aperçut même quelques ébauches de sourires. Mais, se redressant péniblement et essuyant le sang qui lui coulait dans les yeux, Rama s'interposa soudain d'une voix brisée.

— Tu dis être venu pour retrouver Esyl, mais tu t'es montré incapable de sauver ma sœur.

Tani le vieillard lança aussitôt :

— La peine t'égare, Rama, Seigneur Richard Blade

a montré son courage. Il n'aurait eu aucune chance contre cette armée de Tasks.

Rama hésita, finit par baisser la tête avant de grogner :

— Pardonne-moi, Seigneur Blade, dit-il d'une voix plus basse. Je suis injuste. Mais sais-tu ce que ces monstres vont faire de ma sœur ? Une esclave sexuelle. Tout comme Ziah, notre sœur aînée.

Blade secoua la tête, éluda :

— Est-ce que l'un de vous sait où se trouve Esyl ?

— Ce chien de Balak la garde prisonnière, intervint Rama. Une fois libre, je le tuerai.

— Ça ne me dit pas où, fit valoir Blade.

— Moi je sais, s'avança Tani le vieillard. Il y a des lustres que les Tasks m'ont capturé. Je n'ai jamais pu quitter cette grotte, mais je les ai espionnés. Et j'ai entendu leurs propos de brutes, leurs vantardises et leurs secrets. Le palais de Balak se trouve sur les bords du grand Fleuve Sacré.

— Le Siprith ?

— Regarde étranger. Regarde droit vers le lac. Vois-tu ces hautes falaises noires ? Ce sont celles d'un immense cirque. Infranchissable. Sauf là-bas, juste en face. Une simple brèche où coule le fleuve.

— Le Siprith ? insista Blade.

Signe négatif du vieillard.

— Hélas non. Comme tu pourras peut-être le voir si tu parviens à Balakah, la dynastie des Balak s'est depuis longtemps approprié les eaux du Fleuve Sacré. Mais je n'en sais pas plus, Seigneur Blade. Sauf qu'il te faudra lutter encore beaucoup si tu veux parvenir à tes fins. Car Balak est un roi fou. Dès qu'il aura vent de ton existence, il fera tout son possible pour t'anéantir.

— Et toi, apostropha Blade en se tournant vers le garde rescapé qui n'en menait pas large. Que sais-tu ?

L'intéressé secoua misérablement la tête.

— Rien, avoua-t-il.

— Tu mens ! cingla Blade en brandissant de nouveau son sabre.

— Non, Seigneur Blade, intervint encore Tani le vieillard. Nos gardes n'en savent pas plus que nous. Ce sont des prisonniers comme nous, qui ont accepté ce rôle dans l'espoir d'être moins mal traités.

Des kapos.

— C'est bon, soupira Blade. Y a-t-il une autre embarcation pour moi ?

— Non, répondit cette fois le garde-chiourme d'un ton désolé. Le seul bateau jamais vu par ici est cette galère. Je ne vois pas comment tu pourras...

— C'est mon affaire, trancha Blade. En attendant, délivre immédiatement tous ces hommes.

— Impossible, coupa le vieux Tani à son tour. Il n'y a pas de clés pour nos fers. Ceux-ci ont été soudés sur nous et la seule façon de nous en délivrer est la mort. Quand l'un de nous succombe, on lui tranche la jambe, avant de jeter sa dépouille dans le lac.

Ecœuré, Blade déclara :

— Si je survis, je vous promets de revenir vous libérer. Quant à toi, Rama, je ferai tout mon possible pour retrouver tes sœurs.

Puis laissant les éclusiers à leur triste sort, il s'empara d'une torche et s'élança dans la galerie.

Il fallait retrouver Ali.

Arrivé à la petite caverne, personne. Blade appela.

— Ali ! Ali, où es-tu ?

Reconnaissant la voix de Blade, la jeune Ilaho

émergea de l'eau, tirant son cheval par la longe. Puis, après une hésitation, elle se laissa aller contre lui et, pour la première fois, elle se mit à pleurer.

— J'ai été lâche, souffla-t-elle d'une voix farouche. Lâche et misérable. Plutôt que porter secours à Brute, je me suis cachée.

— Tu n'as pas été lâche, corrigea Blade en lui caressant les cheveux. Ils t'auraient tuée ou capturée aussi et cela n'aurait servi à rien. Viens.

Tandis qu'ils remontaient la galerie en tirant le cheval, Blade expliqua les derniers événements. Mais contrairement à ce qu'il aurait pu croire, l'absence de bateau pour les transporter ne sembla pas atterrer la jeune Ilaho.

— Il nous reste le cheval, dit-elle.
— Le cheval !

Blade connaissait les facultés de nage des chevaux de sa dimension. Pas vraiment olympiques. Tandis qu'ils approchaient de la grotte, Ali renseigna :

— Nos chevaux nagent très bien. Et très longtemps. A condition que l'eau ne soit pas trop froide.

Blade hocha la tête. Depuis son arrivée dans cette dimension, il avait eu plutôt trop chaud. Finalement, grâce au cheval d'Ali, leur horizon semblait vouloir s'éclaircir quelque peu.

Mais il pouvait arriver tant de choses...

Un instant plus tard, après un court flottement consécutif au spectacle de ces zombis enchaînés, la jeune Ilaho alla tremper sa main dans l'eau du lac. Quand elle se redressa, une ombre de sourire satisfait étirait ses jolies lèvres.

— L'eau est tiède, affirma-t-elle. Rien à craindre pour notre cheval.

Blade eut un regard désolé vers les esclaves qu'il devait laisser à leur calvaire, mais le vieux Tani balaya ses scrupules.

— Va en paix, Seigneur Blade, dit-il de sa voix cassée. Va... et venge-nous. C'est notre seul vœu.

Après un dernier signe de tête, Blade sauta en croupe derrière Ali et dans un formidable éclaboussement, poussé par les vivats des esclaves, le cheval se lança à l'eau. Quand il se stabilisa pour se mettre bravement à nager, Blade s'essuya les yeux et, rivant son regard à la minuscule luciole rouge qui flottait tout là-bas, il tapota amicalement le flanc de l'animal en soufflant :

— Vas-y, vieux frère. Cette galère, il ne faut pas la perdre de vue.

Elle était effectivement leur salut. S'ils la perdaient dans cette nuit sans astre, ils n'auraient plus un seul repère.

Le cheval nageait régulièrement et la lanterne de poupe de la galère avait cessé de s'éloigner. Pourtant, longtemps après, alors que les torches de la grotte aux écluses avaient disparu dans le lointain, alors que Blade se détendait enfin et qu'Ali commençait à s'abandonner contre lui, tous deux comprirent en même temps que rien n'allait plus.

L'eau !

L'eau était soudain devenue froide. Presque glacée.

— Tu sens ? questionna Ali d'une voix de nouveau tendue.

— Oui, répondit Blade.

Il n'était pas encore vraiment inquiet. Sous eux, le cheval nageait toujours normalement et rien ne laissait prévoir quelque épuisement de sa part. Mais alors que

Blade scrutait l'horizon pour évaluer la distance les séparant de la galère, leur monture eut un brusque soubresaut et sa nage devint subitement précipitée. Il se dit que cela ne signifiait rien, mais ce n'était qu'un vœu pieux. Dans les instants qui suivirent, l'eau devint de plus en plus froide et la nage du cheval ralentit progressivement, jusqu'à ne plus être qu'une succession lente de mouvements désordonnés. De ses naseaux, un souffle court et faiblissant s'échappait irrégulièrement et Blade comprit qu'il n'irait pas plus loin. Sa seule chance était peut-être dans un hypothétique retour vers la grotte aux écluses. A condition d'être délesté d'eux. Il l'expliqua à Ali qui finit par s'y résigner et ils libérèrent l'animal en se laissant tomber à l'eau.

Une eau vraiment glacée.

Le sort avait joué contre eux. Et tandis que le cheval rebroussait instinctivement chemin en soufflant misérablement, Blade comprit que le sort s'acharnait cette fois vraiment.

Devant eux, la lanterne de la galère venait de disparaître.

— Richard Blade !

Ali avait vu aussi. Sa voix racontait son angoisse. Blade tenta de la rassurer :

— Ce n'est rien, dit-il. Sans doute un coup de vent. Ils vont rallumer.

Mais pas un souffle de vent ne balayait les eaux noires du lac. Et la nuit était si sombre qu'ils ne voyaient rien. Absolument rien. Ils nageaient maintenant au hasard. Perdus. Forcés de se parler pour ne pas se perdre. La voix d'Ali grelottait.

— Je n'en peux plus ! gémit-elle soudain.

Elle haletait.

— Courage, renvoya Blade.

Mais il y eut un remous, une toux et Blade comprit qu'Ali était en train de se noyer. Il l'attrapa par un bras, la secoua. Elle était glacée et claquait des dents.

— Je... je vais mourir, souffla-t-elle contre lui.

— Ne dis pas de...

— Je vais mourir... mais je t'aime, Richard Blade !

Évanouie, elle devint toute molle et Blade dut dès lors nager en lui soutenant la tête hors de l'eau glacée. Désormais, il était seul et, insidieusement, l'engourdissement du froid le gagnait lui aussi. Autour de lui, il n'y avait que la nuit et l'eau. Deux éléments hostiles. Il se vida l'esprit, nagea, nagea encore et encore, mais il s'épuisait et ses membres se paralysaient peu à peu. Contre lui, Ali ne respirait plus qu'à tout petits coups et son corps avait pris la température de la glace. Blade lutta encore, se débattit le plus longtemps possible contre ce sort absurde, tenta de faire la planche, s'engourdit davantage et des lucioles commencèrent à défiler devant ses yeux. Maintenant, son corps ne réagissait plus. De l'eau lui entrait dans les narines et il sentait la vie le quitter.

CHAPITRE XV

Blade s'était laissé aller sous l'eau. Ce fut l'impression d'étouffement qui lui fit battre des bras. Il se rendit compte alors qu'il n'avait pas lâché Ali et que son cerveau fonctionnait encore par intermittence. Suffisamment bien pour comprendre qu'il n'y avait plus rien à faire. Il n'était ressorti de l'inconscience que pour mieux y plonger de nouveau. En fait, il n'aurait jamais cru pouvoir tenir aussi longtemps. Surtout avec ce fardeau dans les bras. Il se dit qu'il fallait encore lutter, y parvint un moment, puis, les muscles complètement paralysés, il se maudit d'avoir entraîné Ali dans cette aventure. Il aurait dû la renvoyer près des siens.

— Richard Blade !

Blade rouvrit les yeux, persuadé qu'il délirait déjà. Mais Ali avait bougé contre lui et il la serra autant qu'il le pouvait. Comme pour lui insuffler ce qu'il lui restait de vie.

— Oui, dit-il. Je suis là. Tout va bien.

Il crut encore entendre Ali lui parler et il lui répondit des choses auxquelles il ne pensait pas vraiment. Sans importance, il était certain que les paroles de la jeune fille n'étaient qu'une illusion.

Le délire le gagnait.

Il se sentit dériver longtemps, au propre comme au figuré. Pourtant, il était heureux de sentir toujours le corps d'Ali contre lui. Même inerte, elle était encore un peu la preuve qu'il continuait à vivre lui-même, donc, qu'elle n'était pas perdue. Il la serrait très fort, conscient malgré tout que cette force n'était aussi qu'une illusion et que ses doigts risquaient de lâcher prise à tout instant. Puis il eut des périodes de flou total, entrecoupées d'épisodes de lucidité absolue. De plus en plus rares. Il coulait, remontait, toussait de plus en plus faiblement, coulait de nouveau en étant certain qu'il ne remonterait plus. Puis il coula vraiment et tout au fond de son esprit embrumé, il comprit que c'était la vraie fin.

Alors, pour ne plus souffrir de ce froid crucifiant, pour ne plus non plus en faire souffrir Ali qui était déjà morte, il décida de renoncer... et il sombra dans le néant.

Puis il y eut le choc.

Sur l'écran sombre de ses paupières closes, Richard Blade vit alors tournoyer trente-six chandelles et plus rien. Il resta sans connaissance une poignée de secondes, secondes qui semblèrent une éternité et qui suffirent pourtant à lui redonner assez de forces pour s'accrocher à la chose. Sa consistance rugueuse n'était pas celle de la pierre, mais plutôt celle du bois. Un bois gluant. Blade s'agrippa désespérément à la chose, et, peu à peu, son esprit refit surface et son sens tactile fit le reste.

Un gouvernail !

Malgré son état second, il venait de reconnaître la forme caractéristique. Un gouvernail qui devait... qui ne pouvait être que celui de la galère. Il en fut si convaincu que bizarrement, un reliquat de forces revint en lui et qu'il rattrapa in extremis le corps d'Ali qui glissait contre lui.

La galère ! Il n'osait pas le croire.

C'était impossible. Même si elle était maintenant arrêtée, la galère avait pris beaucoup trop d'avance. A moins... à moins qu'un courant...

Blade entendit piaffer un cheval. Cette fois, aucun doute. La galère !

Galvanisé par un nouvel espoir fou, il s'accrocha de toutes ses forces déclinantes et, hissant la jeune Ilaho sur la partie émergée du gouvernail, il put ainsi récupérer un moment. Assez pour permettre à son esprit de reprendre le dessus et d'échaufauder un semblant de plan. A bord du navire, hormis quelques piaffements de chevaux, c'était le silence total. Tout le monde dormait et il n'était même pas certain qu'une sentinelle fut de garde. Cet immense lac n'était sûrement fréquenté que par les vaisseaux de Balak. Il y avait sans doute une possibilité de s'y glisser clandestinement. Dans la mémoire de Blade, la vision de la galère à quai se précisait peu à peu et il commençait à en « revoir » les principaux éléments. Notamment cette ouverture longue et mince, située sous le plat-bord de poupe et qui permettait la ventilation de la zone écurie de la galère. Peut-être la providence.

Blade se laissa encore récupérer, puis, tout doucement, sans lâcher Ali qui risquait de basculer, il lança sa main libre vers le haut, dépassa péniblement le niveau de la ligne de flottaison et dut escalader le gouvernail pour trouver enfin le vide du sabord ouvert.

Il avait gagné !

Fou de joie, reléguant mentalement tout risque d'être surpris, il se baissa, souleva Ali d'un bras, la passa dans l'ouverture, la laissa doucement glisser à l'intérieur. Elle ne respirait même plus... ou presque plus. En tout cas, Blade ne sentait plus rien sous sa poitrine. Mais il n'était pas question de l'abandonner maintenant. Sans la lâcher complètement, il passa son propre buste à l'intérieur, sentit la bonne odeur des chevaux lui monter au nez et en fut tout ragaillardi. Les bêtes s'agitèrent un peu et il dut se hâter pour ne pas les effrayer davantage, mais quand il se laissa tomber près d'Ali dans la paille tiède, il heurta involontairement la jambe d'un animal qui poussa un hennissement apeuré. Affolées, les autres bêtes se mirent à hennir en tirant sur leurs longes. Des pas lourds sonnèrent alors sur le pont au-dessus d'eux.

La tuile.

En un éclair Blade roula dans la paille, entraînant Ali... dont les dents s'étaient remises à claquer. Elle murmura le nom de Blade, se débattit mollement, retomba dans sa léthargie. Mais Blade était heureux. Ali n'était pas morte. Seulement, dans son délire, elle risquait de les faire repérer. A tâtons, il chercha fébrilement la réserve de fourrage indispensable, la trouva sous la forme d'une sorte de petite meule entassée sur sa gauche. Portant Ali, il plongea dessous, les recouvrant aussitôt à l'aveuglette.

Une seconde plus tard, une lanterne jetait sa tache de lumière mouvante dans le local. Un des colosses qui veillaient au rythme de la nage des rames. A travers la paille, Blade le vit élever sa lanterne et faire quelques pas dans leur direction. Il parcourut l'endroit d'un regard soupçonneux, calma les chevaux de quelques tapes un peu lourdes, tourna enfin le dos pour disparaître. Quand ses pas moururent sur le pont, Blade s'installa plus confortablement et, serrant le corps d'Ali contre lui, il se mit à la réchauffer doucement.

Et les heures passèrent. Interminables.

**

— Où sommes-nous ?

Brutalement tiré de la torpeur dans laquelle il avait fini par s'enliser, Richard Blade rouvrit les yeux dans le noir, reprit instantanément pied dans la pénible réalité.

— Tout va bien, dit-il. Dors.

Il s'avançait quelque peu, mais quelle importance ?

— Blade je vais... mourir...

Ali claquait des dents. Richard la serra plus fort contre lui, mais il semblait que rien ne pourrait jamais plus la réchauffer. Malgré sa reprise de conscience, peut-être était-elle vraiment en train de mourir. Blade lui caressa les cheveux, déposa un baiser sur sa tempe et la trouva brûlante. La fièvre.

— Là ! dit-il. C'est fini. Tout ira bien à présent.

Il aurait voulu croire ses propres paroles...

— Non, Blade. C'est...

La voix d'Ali ne risquait pas d'être entendue sur le pont. A peine audible. Juste un souffle. Blade approcha son oreille des lèvres frémissantes pour essayer de déchiffrer ses paroles hachées.

— ... froid... impossible pour... Ilahos...

Alors Blade comprit. Les Ilahos ne supportaient pas le froid. Leur métabolisme ne le leur permettait pas. Ali était-elle donc réellement perdue ? Blade sentit monter en lui une vague de chagrin acide. Ali n'était encore qu'une enfant. Elle ne méritait pas de mourir. C'eût été trop injuste.

— Tout va bien, répéta-t-il. Tout va bien. Je te sortirai de là.

Mais Ali ne pouvait même plus entendre ces paroles réconfortantes. Tremblant comme une feuille, secouée par la fièvre, elle se mit à débiter un flot de paroles sans suite. Le délire revenait au galop. Dans l'état actuel des choses, Blade ne pouvait rien faire de plus. Que l'accompagner jusqu'aux portes de l'autre Dimension si elle devait mourir. Il avait beau se torturer l'esprit, il n'y avait rien d'autre à faire.

Sinon se faire tuer avec elle s'ils étaient découverts.

Le temps passa encore.

Maintenant, Ali gémissait continuellement. Parfois de longs râles s'échappaient de sa poitrine et Blade était obligé de plaquer sa main sur sa bouche. Affolés, sentant la mort rôder, les chevaux s'étaient remis à piaffer. A présent à l'écart, Blade et Ali ne craignaient plus les sabots, mais un autre danger les guettait.

Un danger qui survint peu après.

Sur le pont supérieur, les pas lourds sonnèrent de nouveau et la lanterne réapparut bientôt. En sueur, la main plaquée aux lèvres brûlantes d'Ali, Blade regardait l'homme approcher lentement. Puis il l'entendit gronder les chevaux d'une voix qui se voulait apaisante, puis hésitant soudain sur la conduite à tenir, il finit par hausser les épaules et Blade le vit s'apprêter à repartir. Mais au même instant, la fatalité se manifesta. Sous la forme d'un sursaut d'Ali. Un sursaut violent dû à la fièvre et qui fit rouler un peu de paille aux pieds du Task. Blade sentit le drame. Il vit l'expression du colosse se figer sur sa face grossière, puis, l'œil soupçonneux et le sourcil tombant, il accrocha la lanterne à un piton, attrapa la fourche à fourrage qui était accrochée au poteau d'une stalle et, faisant volte-face à une vitesse stupéfiante, il leva l'outil meurtrier à la manière d'un javelot, le piqua en avant dans le même mouvement. Dans la lumière mouvante de la lanterne, Blade vit avec horreur les piques de métal luisant fondre sur eux à la vitesse de l'éclair.

CHAPITRE XVI

Blade avait réagi en un millième de seconde. Serrant Ali contre lui, il avait roulé sur le côté déjà prêt à tout. Avec un sinistre bruit mat, les pics acérés venaient de se planter dans le plancher. A dix centimètres de son dos. En un éclair, Blade repoussa le corps d'Ali et se redressa comme un diable, balançant un tas de paille vers la face du Task. Dans le même temps, il détendit son bras et décocha un terrible coup de poing dans le plexus solaire du géant. D'abord, l'autre parut seulement surpris, puis ses petits yeux cruels basculèrent et il s'écroula lentement en arrière.

Tué net.

Un des coups mortels de l'ate-waza. Effet immédiat.

De nouveau affolés, les chevaux se remirent à hennir et à ruer. L'un d'eux donna même quelques coups de sabots dans les planches de la coque et Blade vit immédiatement le parti qu'il pouvait tirer de l'incident. Se précipitant, il arracha la fourche du plancher, la raccrocha à sa place, tira le cadavre sous les sabots meurtriers et, laissant le cheval s'énerver sur lui, il reprit Ali dans ses bras et les recouvrit aussitôt d'une nouvelle couche de fourrage.

Réveillés en sursaut, quatre Tasks surgirent en trombe. Ils découvrirent le corps, frappèrent les chevaux, hurlèrent des insultes, mais peu à peu, le calme revint au sein de la gent animale.

Heureusement que les chevaux ne parlaient pas.

A travers la paille, Blade observait. Il s'attendait au pire. Cette fois les gaillards étaient bien trop nombreux pour lui tout seul. Si son astuce ne marchait pas...

La réponse arriva sans attendre.

Elle marcha. Dans le calme revenu et tandis que les autres emportaient le corps, un des Tasks lança en guise d'oraison funèbre :

— Un imbécile de moins. Jamais su s'occuper des chevaux.

Sous son fourrage, Blade retint un soupir de soulagement.

— On va le balancer aux haligos, lança un autre Task dans un rire gras. Tant que c'est pas moi...

Les Tasks étaient décidément des gens charmants.

Des haligos. Sans doute quelque chose qui ressemblait à des alligators. Et Blade et Ali qui avaient séjourné des heures dans cette eau !

— Aux premières chaleurs du matin, lança un autre, ça ne loupera pas. Il n'en feront qu'une bouchée, du graisseux.

Nouveaux rires. Mais Blade comprenait mieux. Les haligos n'attaquaient pas, soit dans l'obscurité, soit quand l'eau était froide.

Tandis que les Tasks remontés au pont supérieur balançaient effectivement leur camarade par-dessus bord, Blade se reprenait à espérer. Avec un peu de chance, ils ne seraient plus dérangés avant l'accostage de la galère. Là, il aviserait. Contre lui, Ali tremblait toujours, mais elle demeurait muette et sa fièvre semblait avoir légèrement baissé.

Quant à Blade, s'il pouvait dormir un peu...

*
** *

Aux premières lueurs du jour, la galère s'était remise en route. Le martèlement des pas sur le pont, les chaînes des galériens avaient repris. Du fond de son abri, Blade entendait les ordres hurlés aux esclaves. Puis le tambour-rythmeur marqua la cadence. Ses coups résonnaient dans toute la cale. Irritants.

Des coups qui semblaient décompter le temps le séparant encore de la mort. Blade essaya de se concentrer pour ne plus les entendre. Ni même les sentir vibrer dans tout son corps. Mais ses tentatives ne le délivrèrent pas longtemps de son calvaire. Contre lui, Ali claquait de nouveau très fort des dents. Sa fièvre était remontée et elle transpirait abondamment. Avec le jour qui filtrait par le sabord, Blade pouvait à présent distinguer son visage. Crayeux, comme rétréci. Vieilli prématurément. Pourtant, elle vivait encore. Il aurait peut-être suffi de quelques soins pour la sauver. Blade l'espérait, mais il ne voyait pas comment il aurait pu procéder. Heureusement, l'écurie avait retrouvé son calme et Blade pouvait écarter le fourrage pour leur permettre de respirer mieux. Et pour regarder autour de lui. Par l'ouverture du sabord, il vit que la galère avait quitté le lac. Elle naviguait à présent entre les deux rives escarpées et désertiques d'un fleuve large et aux eaux jaunâtres.

Etait-ce le Siprith ?

Dans le petit jour, Blade découvrait un paysage

différent. Avec de la végétation, des montagnes plus vertes et une température apparemment plus supportable que celle d'Amnesiah. Comme si les montagnes noires avaient constitué la frontière climatique entre deux mondes distincts. Maintenant, le soleil était complètement levé. Déjà haut dans un ciel piqueté de nuages mauves, il dardait ses rayons cuisants. Dans la cale mal aérée, la chaleur devenait suffocante et la sueur de Blade se mélangeait à celle d'Ali. La fièvre la faisait de nouveau délirer à voix basse, il devenait urgent que ce voyage se termine.

Enfin, au détour d'une boucle du fleuve, Blade aperçut une baie dans la rive de bâbord. Large, équipée d'une rade et de quais maçonnés. Tout autour de la baie, bâtie en étages sur les flancs des montagnes, la cité apparut enfin. Apparemment illimitée, toute grise, immensément triste. Rien à voir avec ce à quoi Blade s'était attendu. Sur les quais, une foule d'hommes quasi nus s'affairait à décharger les galères à l'attache. Autour d'eux, des Tasks vêtus de noir, fouet en main. Mais ce qui surprit le plus Blade, ce fut le silence.

Un silence lourd et oppressant.

Seulement troublé par les grincements des palans. Et les claquements de fouets.

Le royaume de Balak.

La galère accosta enfin, des cris résonnèrent sur le pont et Blade se dit qu'à partir de maintenant, le danger allait de nouveau les guetter. Ils étaient désormais à la merci de n'importe quel minuscule événement. Comme par exemple le remplacement du fourrage. Il risqua un dernier regard par l'ouverture, découvrit des soldats tasks partout, nota l'absence totale de tout jupon, vit que le ciel s'était soudain couvert de gris sourd et il assista à la chute des premières gouttes de pluie.

Larges et lourdes, elles s'écrasèrent d'un coup sur les pavés noirs et gras.

Dans quel guêpier l'ordinateur du Projet DX l'avait-il encore fourré ? Il découvrait un monde sinistre où les seules voix humaines étaient celles des soldats houspillant des civils abêtis.

Soudain, les va-et-vient s'intensifièrent sur le pont. Le débarquement s'opérait. Blade replongea sous le fourrage. Contre lui, Ali dormait d'un sommeil agité. Toujours plaqué à elle, le voyageur interdimensionnel sentait l'angoisse monter en lui. Avec les tremblements de la jeune Ilaho, ils pouvaient se faire prendre à tout moment. Puis des pas firent trembler la rampe inclinée de l'écurie et des Tasks vinrent détacher les chevaux. Tendu comme la corde d'un arc, Blade essayait de se dire qu'il n'était pas possible d'échouer si près du but. Pendant ce temps, l'écurie se vidait doucement. Et quand il ne resta plus un seul cheval, quand le dernier Task débarrassa le plancher, il poussa un soupir de soulagement en sortant la tête de son étuve.

Maintenant, la chaleur était insupportable, Ali se déshydratait et Blade était en train de fondre sur place. Prudemment, il reprit son poste d'observation près du sabord. Il vit d'abord débarquer les chevaux, puis, tout de suite derrière, les Tasks poussèrent Brute et Temple sur le quai. Enchaînés comme des bagnards. Blade faillit crier de joie. Brute était vivant. Et même bien vivant. Écumant de rage malgré ses blessures multiples, il ruait dans ses entraves en hurlant sa haine, quand un des soldats faisait mine de toucher un cheveu de

Temple. Ils furent aussitôt pris en charge par un autre groupe de soldats qui les fit grimper dans une charrette.

Pour le moment, Blade ne pouvait rien faire. Il devait s'occuper d'Ali en priorité et le plus raisonnable était d'attendre la nuit. Se risquer dehors au grand jour équivalait au suicide et cela ne résoudrait pas le problème de ses amis. Il fallait patienter.

Contre lui, Ali semblait de plus en plus mal. Parfois son corps se recroquevillait sur lui-même dans la position du fœtus et, murmurant des propos incohérents, elle se mettait à sucer son pouce comme une enfant. Parfois aussi, elle ouvrait des yeux vides, posait des questions dont la pertinence surprenait Blade.

Précisément comme maintenant :

— Tu as revu Temple. N'est-ce pas ?

Sous la paille, son regard brillait étrangement. Blade lui sourit, répondit :

— Elle vient de quitter la galère. Brute veille sur elle.

— Il n'est donc pas mort ?

— Non. Il n'est pas mort.

— J'en suis heureuse, Richard Blade. Et aussi pour Temple.

Puis, aussi subitement qu'elle avait émergé du coma, elle y replongea, soufflant de nouveau des propos sans suite. A cet instant, un pas lourd et lent résonna sur le pont, se rapprochant dangereusement. Blade s'enfouit sous la paille, distingua deux énormes jambes qui descendaient la rampe et une monstrueuse silhouette apparut.

Le « tambour » de la galère !

Immobile, impressionnant avec ses muscles noueux et son crâne rasé, il s'arrêta au milieu de la cale-écurie

et, fixant le tas de fourrage de ses petits yeux enfoncés dans leurs orbites, mains aux hanches et planté sur ses énormes jambes, il grogna d'une voix râpeuse :
— Je sais que tu es là, étranger.

CHAPITRE XVII

Perdu pour perdu, Blade jaillit de la paille et se rua sur le colosse, frappa du droit en plein plexus, doubla du gauche. Si vite que l'autre n'eut pas le temps d'esquiver. De toute façon, cela n'était pas nécessaire. Les muscles couvrant la cage thoracique du monstre étaient si épais, si durs aussi que ce fut comme si Blade avait essayé de défoncer un mur. L'autre esquissa quand même une grimace, recula d'un pas, leva un bras. Blade esquiva sur le côté, mais un rire silencieux se mit à secouer l'imposante carcasse. Lentement, il reposa les mains sur ses hanches, fixa Blade d'un regard intéressé, grogna :

— Tu es fort, étranger. Très fort. Tu m'as fait mal.

Ça n'en avait vraiment pas l'air. Sourcils froncés, Blade l'observait sans comprendre.

— Que veux-tu ? finit-il par demander.

Un sourire assez laid étira la grosse lippe du monstre qui répondit :

— Je m'appelle Ahnn, grogna-t-il. Et je ne te veux aucun mal.

De plus en plus intrigué, Blade hésita, finit par déclarer :

— Moi, c'est Blade. Richard Blade.

— C'est un drôle de nom. Tu n'es ni amnèse ni task. D'où viens-tu ?

Blade soupira :

— Ce serait trop long à expliquer maintenant. Disons que je viens de très loin... du Royaume d'Angleterre.

Sentant ses réticences, la montagne de muscles expliqua :

— Je suis un eunuque. Comme ton ami. Celui que les Tasks ont capturé. Un Amnèse comme lui.

— Toi ?

Hochement de tête du colosse qui gronda :

— Il y a des lustres, ces chiens de Tasks m'ont fait prisonnier. Ils m'ont enchaîné aux galères. Bien plus tard, après que j'eus endormi leur méfiance, ils ont consenti à me confier le tambour du rythme. Mon dessein était de m'évader. De retourner près des miens. Hélas, je n'en ai jamais eu la possibilité. Ils se méfient encore de moi et chaque fois que nous traversons la Mer Intérieure pour nous rendre aux écluses du Passage, ils m'enchaînent aux jambes.

— Comment as-tu deviné que nous nous cachions là ?

— Les chevaux. Leur agitation de cette nuit m'a intrigué. Quand cet imbécile de palefrenier est descendu voir ce qui se passait, je ne dormais pas. Je me suis glissé jusqu'à l'ouverture de la rampe et je t'ai vu le tuer d'un seul coup de poing.

Le colosse hocha sa grosse tête rasée en connaisseur.

— Pour ta corpulence, tu es très fort, répéta-t-il, sincère.

Blade passa outre le compliment. Il questionna :

— Et les Tasks ? Pourquoi n'ont-ils rien deviné eux ?

— Ce sont des imbéciles. Ils ont perdu l'instinct et ne savent plus qu'obéir aux ordres de leurs chefs. Des chefs qui eux-mêmes exécutent sans sourciller les instructions du Grand Maître des Armées.

— Et qui commande ce Grand Maître des Armées ?

— Le roi Balak en personne.

Ahnn semblait savoir beaucoup de choses et promettait d'être un allié de choix. A cet instant, Ali gémit sous la paille et le colosse ne sembla pas surpris. Elle aussi, il avait dû la voir quand Blade avait tué le palefrenier.

— Il faudrait soigner cette Amnèse, dit-il. Malheureusement, nous ne pourrons rien tenter avant la nuit.

— Son nom est Ali, renseigna Blade, et elle n'est pas amnèse.

— Ah ?

Le colosse semblait surpris.

— Elle vient donc de cet endroit mystérieux d'où tu es venu toi-même ?

— Non, corrigea Blade. C'est une Ilaho.

— Hein ?

De saisissement, le monstre en avait presque reculé. Puis secouant la tête d'un air de reproche, il gronda :

— Tu ne devrais pas te moquer de moi, Richard Blade Venu d'Angleterre. Les Ilahos ont disparu dans la nuit des temps.

— Je ne me moque pas de toi. Cette femme est une Ilaho, mais cela aussi, je te l'expliquerai plus tard.

Après un temps d'hésitation, le colosse marcha vers le tas de paille, se pencha sur Ali qui tremblait de fièvre. En se redressant, il grogna, encore incrédule :

— Ilaho ou pas, si on ne la soigne pas, elle va mourir.

C'était frappé au coin du bon sens. Non seulement Ahnn était une force de la nature, mais en plus, malgré ses airs de primate mal dégrossi, il semblait très intelligent. L'allié idéal. Blade soupira :

— J'espère qu'elle survivra jusqu'à la nuit. Mais il lui faudrait un médecin.

— Je connais un savant-médecine, fit le « tambour ». Le Connaissant. Un vieux sage qui sait guérir les maux du corps. Un savant qui ose critiquer Balak, mais ce dernier en a trop peur pour le faire disparaître. Parfois, quand les médecins du Palais se montrent incapables de guérir ses malaises, il se résigne à se soumettre à sa science. On murmure qu'il sait la magie, qu'il connaît les poudres et qu'il détient des secrets redoutables. Si un seul homme peut t'aider, ce sera lui.

Il recouvrit Ali de paille, finit par ajouter :

— Ça dépendra évidemment de ce que tu es venu faire à Balakah, Richard Blade.

N'ayant plus grand-chose à perdre, Blade décida de tout dire.

— On m'a envoyé dans ce monde pour essayer de sauver la princesse Esyl.

— Hein ?

Il y avait soudain une telle incrédulité sur la face grossière d'Ahnn que Blade en fut un instant désarçonné.

— Qu'est-ce qui ne va pas ? demanda-t-il.

Le colosse mit de longues secondes avant de répondre d'une voix changée :

— Tu... tu veux dire que... que notre Princesse bien-aimée serait ici ? A Balakah ?

Ce fut au tour de Blade d'être étonné. Incrédule, il questionna :

— Tu l'ignorais ?

L'autre sursauta comme si tout un nid de serpents s'était acharné sur lui.

— Bien sûr, que je l'ignorais ! Comme l'ignorent tous les esclaves amnèses de ce royaume ! Comme l'ignorent fatalement aussi tous les habitants de Balakah !

Annh secoua la tête comme un boxeur sonné, ajouta sombrement :

— Si un seul de nous tous l'avait su, cela aurait déclenché une révolution.

Il marqua une pause, se décida :

— Ecoute, Richard Blade Venu d'Angleterre. Tu vas rester ici avec la fille. A la nuit je reviendrai. Que la fille soit morte ou vivante, je vous conduirai chez le Connaissant. C'est un vrai savant. Toi et lui, vous trouverez sûrement une solution pour délivrer notre Princesse.

Blade hocha la tête. Le colosse marcha jusqu'au plan incliné, lança par-dessus son épaule :

— En attendant, restez cachés. Pour les gardes du port, je dirai que la galère est pleine de rignes d'eau. Des bestioles à huit pattes dont la piqûre donne les fièvres du cœur. Ils en ont une peur terrible.

Ahnn tourna les talons et s'en alla.

Blade ne pouvait que s'en remettre à ce nouvel allié. En espérant que la peur des rignes dissuade effectivement les Tasks de tout contrôle à bord de la galère. Près de lui, Ali gémit doucement et il l'installa le plus confortablement possible. D'ici cette nuit, l'attente allait être longue.

CHAPITRE XVIII

La nuit était tombée, la chaleur avait légèrement régressé, mais Ahnn n'avait toujours pas reparu et la fièvre d'Ali était remontée de façon alarmante. Sur les quais du port, les Tasks avaient allumé des torches et divers bateaux, dont d'autres galères, étaient venus s'amarrer assez loin de celle de Blade. Parmi les équipages, certains jetaient parfois des regards insistants de leur côté. L'histoire des rignes avait fait son chemin.

Enfin, des pas lourds résonnèrent sur le pont et la masse impressionnante d'Ahnn apparut dans le halo d'une lanterne. Un ballot sur l'épaule, il annonça :

— Le Connaissant nous attend. J'ai garé un tombereau sur le quai. Pour transporter le fumier. Je vais vous cacher dedans. Et tâche de bien tenir la fille. Si vous étiez pris, toi et moi serions tués et ton amie finirait comme ventre-esclave.

— Ventre-esclave ?

— Esclave dans les maisons de plaisir.

Ahnn jeta le ballot aux pieds de Blade, expliqua :

— Toi et ton amie, vous allez vous enrouler là-dedans avec un peu de paille en plus pour masquer vos formes. Je jetterai ensuite du fumier sur vous. Si on m'arrête, je dirai qu'il s'agit de denrées infestées de rignes. Ne sortez pas vos têtes de la toile avant que je vous le dise.

Blade leva sur lui un regard incrédule :

— Tu veux dire que tu vas nous porter à dos d'homme tous les deux ensemble ?

Ahnn haussa les épaules.

— Evidemment.

Sans commentaire.

Un instant plus tard, Ali et lui dûment emballés dans la toile, Blade comprit combien il valait mieux avoir Ahnn comme allié plutôt que comme ennemi. Il se sentit soulevé comme un enfant et aux oscillations qui suivirent, il réalisa que le monstre les sortait de la galère. Puis les bruits changèrent et il y eut un choc, suivi d'un piaffement de cheval et, à la puanteur qu'enregistra aussitôt son odorat, Blade réalisa que Ahnn venait de les déposer dans la charrette à fumier. Contre lui, Ali gémit doucement et il dut lui plaquer sa main sur la bouche.

— Qu'est-ce que c'est, tout ça ? lança soudain une voix de stentor.

— Tu le vois, seigneur Task, répondit aussitôt l'organe râpeux du colosse. Du fumier que je porte à brûler.

— Je parle de ce ballot, imbécile.

— Je te l'ai dit tout à l'heure, seigneur Task. Ce sont les denrées de bouche infestées de rignes. Je vais brûler le tout au crémator des Finissants.

— Ça va, imbécile. Fiche le camp.

La menace des fameuses rignes semblait bel et bien faire l'effet escompté sur les farouches guerriers tasks.

Le tombereau s'ébranla aussitôt et se mit à tressauter

sur un sol inégal. Cela dura une éternité, avant que la voix de Ahnn ne résonne enfin :

— Tu peux sortir la tête, Seigneur Blade. La fille aussi. Mais ne vous montrez surtout pas.

Il était temps. Blade suffoquait de dégoût. Quant à Ali, c'est à peine si elle respirait encore un peu. Il desserra légèrement la toile, dégagea le visage d'Ali et sortit sa propre tête pour respirer avec avidité l'air humide et lourd de Balakah.

A présent, le tombereau montait des rues en pente raide et dallées de pavés gras et noirs que la pluie avait rendus glissants. Les rues étaient hideuses et lugubres, bordées de bâtiments gris et ternes aux fenêtres desquelles ne brillait nulle lumière. Çà et là, accrochées aux murs à intervalles irréguliers, d'énormes torches brûlaient en dégageant une épaisse fumée noire qui encrassait la pierre de longues traînées de suie et la plupart des entrées de cours étaient closes de lourdes portes en métal.

— Dès la nuit, c'est le couvre-feu, commenta Ahnn à voix contenue. Seuls quelques esclaves peuvent circuler d'un point donné à un autre. Mais tout imprudent surpris dehors sans laissez-passer risque la pendaison.

Ahnn marqua un temps, ajouta d'une voix pressée :

— Attention. On arrive au réservoir. Ne te fais pas voir.

Soudain, au détour d'une immense place déserte, Blade aperçut plusieurs avenues parallèles, très longues, s'étirant en arc de cercle. Un arc de cercle interminable, au milieu duquel un imposant château gris sombre dressait ses sinistres tours de conte fantasmagorique, à cheval sur une arche immense enjambant l'ensemble des avenues.

Le tout, formant le sommet d'un barrage !

Un barrage aux proportions telles qu'il n'en existerait sans doute jamais d'aussi disproportionné dans la dimension de Blade. Si grand qu'on devinait à peine le versant de la montagne où il s'appuyait, à l'opposé des arrivants. Avec, d'un côté le vide noir d'un gouffre insondable, de l'autre, l'immensité figée d'un plan d'eau aux limites perdues dans la nuit.

Vision dantesque et effrayante, renforcée par les milliers de torches plantées un peu partout, par la multitude de soldats tasks postés tout au long de l'avenue courant sur le bord extérieur du barrage et surtout par cette espèce de chœur grave à la fois discordant et lancinant qui montait dans l'air humide et lourd. Blade regardait de tous ses yeux. Surtout ces étranges statues blêmes et haut perchées qu'il distinguait encore mal, près desquelles chaque Task montait une garde figée.

— Qu'est-ce que c'est ? ne put-il s'empêcher de questionner.

Le colosse hésita, finit par renseigner d'une voix changée :

— Le palais de Balak. On dit que ses prisons et ses caves vont jusqu'au fond du réservoir.

Visiblement, Ahnn avait maintenant peur. Blade n'y comprenait rien, mais le « tambour » lui fit signe de se taire et il baissa la tête. Déjà, le tombereau s'engageait sur l'avenue des statues et tandis que l'étrange chant discordant se faisait plus fort et plus lugubre encore, une escouade de Tasks vêtus de cuir noir et de métal arrêta l'équipage.

— Cachez-vous ! souffla Ahnn. Vite !

Blade obéit, entendit les gardes interpeller le cocher qui dut à nouveau brandir la menace des fameuses rignes pour libérer le passage du tombereau. Ce dernier quitta les pavés pour, sembla-t-il, rouler sur une chaussée aux dalles plus larges et plus régulières. Blade attendit que Ahnn lui dise enfin qu'il pouvait de nouveau sortir la tête, mais cela ne venait pas. Et contre lui, Ali suffoquait de façon alarmante. Alors, sans attendre l'autorisation du géant, il pratiqua une mince ouverture dans la toile, jeta un regard au-dehors et ses yeux s'arrondirent de saisissement.

Le tombereau roulait maintenant le long de l'interminable avenue. Une avenue jalonnée tous les dix mètres par un soldat task en armes et montant la garde près d'une des statues blêmes aperçues de loin un peu plus tôt. Mais à la faveur des torches piquées devant chaque statue, Blade venait de découvrir l'atroce réalité.

Des centaines de suppliciés !

Ce qu'il avait pris pour des statues était en fait des corps de suppliciés. Hommes et femmes, nus... empalés sur des hampes de bois qui oscillaient doucement sous le crachin. Et cette rumeur que Blade avait d'abord pris pour un chœur sonnant faux n'était autre que la clameur conjuguée de centaines d'agonies.

Le tombereau longeait maintenant le hideux alignement de corps. Tous avaient les bras liés dans le dos, beaucoup se tordaient sous l'atroce souffrance, mais certains étaient déjà réduits à l'état de charogne. Avec peaux et chairs pendant le long des poitrines et des dos. Le cœur soulevé par l'effroyable odeur de charnier, Blade ne put contenir une brève nausée. L'esprit en ébullition et les entrailles glacées d'horreur, il s'enfouit sous la toile, y resta un long moment, le temps de se reprendre.

De toute son existence, il n'avait jamais rien vu d'aussi horrible. Pourtant, il en avait vu...

Au bruit des sabots du cheval, il comprit qu'ils passaient sous l'arche du château. Il risqua un regard, fut sidéré par les incroyables proportions de l'édifice. Pour construire un tel monstre de pierre, des années et des milliers d'esclaves avaient sans doute été nécessaires.

Enfin, après une éternité, le barrage fut franchi et l'équipage se remit à cahoter sur un sol inégal. Il roula encore longtemps au gré des mêmes ruelles grises et noires enfumées par les torches, puis stoppa enfin devant un porche dont les portes monumentales s'ouvrirent dans un grincement affreux. Le tombereau pénétra dans une cour, des ombres portant des torches l'entourèrent aussitôt. Blade aperçut des faces émaciées, des regards ternes.

— Fichez le camp, vous autres ! intima Ahnn d'une voix dure.

Têtes basses, le groupe se fondit dans l'obscurité, réintégrant les bâtiments en ruine qui cernaient la grande cour.

— Des mendiants, souffla Ahnn avec mépris. Incapables du moindre travail. Le Connaissant les tolère dans sa cour et les soigne. Il est trop bon.

Il sauta du tombereau, prévint :

— Ne bougez pas. Je vais encore vous porter.

Puis sans autre commentaire, il empoigna le ballot les contenant, le hissa sur son épaule et, sans effort apparent, il traversa la cour pour s'enfoncer sous un porche plus petit que deux serviteurs silencieux refermèrent derrière lui. Un instant plus tard, il pénétrait dans une écurie où deux petits bourricots squelettiques le regardèrent passer avec indifférence dans la lueur fumeuse d'une torche indécise.

— Vous pouvez sortir, lança Ahnn en déposant l'énorme ballot sur le sol de terre noire. On est arrivé.

Blade ne se fit pas prier. Mais à peine eut-il sorti Ali de sa gangue de paille que l'angoisse le tenailla.

La jeune Ilaho semblait morte.

Il se pencha, lui essuya doucement le visage et faillit crier de bonheur. Ali battait des paupières. Elle était vivante !

Les joues encore plus creusées, les yeux éteints et presque vitreux, mais ils bougeaient et sa poitrine se soulevait encore lentement. Blade lui prit le poignet. Il crut saisir l'os tout seul tant la peau s'était resserrée. C'est à peine s'il put sentir son pouls.

Ahnn était ressorti. Un instant plus tard, il revenait, tirant son cheval. Devant l'état d'Ali, il secoua la tête, découragé.

— Si le Connaissant la sauve, elle aura de la chance.

Il corrigea aussitôt :

— Ou de la malchance. Parce qu'ici, c'est l'horreur.

Après ce qu'il avait vu sur le barrage, Blade le croyait sans peine.

— Où est-il, ce Connaissant ? questionna-t-il.

— Il est prévenu. Il va venir.

Il avait à peine achevé sa dernière phrase qu'un bruit de bottes résonna au loin.

— Une patrouille qui passe, expliqua Ahnn laconique. N'aie crainte. Les Tasks n'entrent que rarement chez le Connaissant. Ils en ont un peu peur. Ce n'est qu'une ronde de nuit. Tout esclave maintenant pris hors de chez son maître est exécuté sur place.

Le silence revint, puis il y eut un autre bruit de pas, plus discret, et venant des profondeurs du bâtiment. Tout au fond de l'écurie, une porte s'ouvrit, livrant passage à un étrange équipage.

— Le Connaissant, souffla Ahnn, soudain respectueux.

Un équipage composé de deux colosses à demi nus, véhiculant sans effort une sorte de chaise à porteurs à trois côtés. Tassé à l'intérieur, comme un vautour au crâne gris et déplumé, un être rabougri et tout tordu crachait des propos acides en agitant une de ses mains décharnées comme pour se ventiler la face.

— Posez-moi ici !

La chaise à porteurs vint s'arrêter au milieu de l'écurie, à quelques pas du trio. Plein de respect, Ahnn s'inclina gauchement, mais sans s'occuper de lui, le vieillard acariâtre tourna sa face vers Blade en glapissant de sa voix grinçante :

— Ainsi, te voilà enfin, Richard Blade !

Alors Blade se crut devenu fou. Il y avait de quoi. Dans la lumière tremblante de la torche, il voyait maintenant parfaitement la face grise et creusée du Connaissant. Une face qu'il aurait reconnu entre toutes.

Celle... de Lord Leighton !

CHAPITRE XIX

— Te voilà enfin, Richard Blade !

De sa main parcheminée, Lord Leighton tapotait nerveusement son genou. D'un signe, il chassa les porteurs qui se retirèrent en refermant la porte derrière eux. Un ricanement aigrelet secoua le vieux savant qui déclara malicieusement :

— De toute façon, ils sont sourds. Mais on ne sait jamais.

Puis cessant de ricaner et fixant Blade de son regard aigu et délavé, il grinça, toute malice enfuie :

— On t'attend depuis des lustres, Richard Blade.

Complètement dépassé, le voyageur interdimensionnel avait l'impression qu'il ne pourrait plus jamais détacher ses yeux de ceux du vieil infirme.

— Vous ! ne put enfin s'empêcher de s'exclamer Blade. Mais comment...

— Mon nom est Adama, coupa l'infirme avec un autre geste irrité. Ne reste pas debout, Richard Blade. Tu me donnes le tournis !

Médusé, Blade s'assit sur une botte de fourrage, aussitôt imité par Ahnn, dont l'attitude guindée et exagérément respectueuse aurait pu prêter à sourire.

Mais Blade n'avait nulle envie d'ironiser. Ce vieillard qui disait s'appeler Adama était la réplique exacte de Lord Leighton. Jusqu'à la voix qui...

— Chaque Entité spirituelle à l'image de l'homme existe en plusieurs exemplaires, entama aussitôt l'étonnant sosie. Des répliques parfaites et réparties en divers points du Cosmos Intégral. A ton étonnement, j'imagine que tu ignorais cela, mais je sais que ton exceptionnelle résistance à la translation et la faculté d'adaptation à toutes les Dimensions Cosmiques t'ont formé à toutes sortes d'expériences. Tant sur le plan physiologique que psychologique. Je connais parfaitement les desseins de votre Programme DX et je peux aussi bien lire dans le cerveau de ce programme que dans celui de celui qui l'a créé.

— Vous voulez dire...

— Je fais effectivement allusion à Lord Leighton.

Un lourd silence plana, seulement troublé par les mastications incessantes des deux bourricots. Visiblement peu concernés par l'événement. De son côté, Richard Blade digérait peu à peu ce qui lui arrivait.

Une lueur d'ironie vite éteinte passa dans les prunelles délavées du Connaissant qui reprit de la même voix « leightonesque » :

— Ce même Lord Leighton avec l'Esprit duquel mon Esprit en voyage depuis des lustres et des lustres a pu enfin communiquer dans le secret de la pensée inconsciente. C'est ainsi que mon Esprit a pu dicter au sien mon message de désespoir et qu'il l'a lui-même répercuté aux cerveaux artificiels de son Investigator.

Il y eut un silence, puis avisant l'état d'Ali, le vieillard demanda de quoi elle souffrait. Blade lui parla de leur longue errance dans l'eau glacée du lac et il hocha sa tête ébouriffée d'un air entendu.

— Je vois, grinça le vieil homme. Versométabolistie aiguë. Les humains de ce monde ne sont pas régis par les mêmes lois vitales que dans ta dimension, Richard Blade. Ils peuvent rester immergés très longtemps dans l'eau tiède, mais l'eau froide les tue rapidement. Notre sang coagule beaucoup plus vite que le tien ou que celui de Lord Leighton ton maître.

Blade n'en croyait pas ses oreilles. Là, dans cette dimension désespérée aux supplices moyenâgeux et au crachin huileux, un esprit humain perdu dans l'Eternité cosmique avait réussi à se servir du cerveau de Lord Leighton comme d'un simple relais pour investir les fantastiques circuits d'Investigator.

— C'est ainsi que l'Entité Richard Blade... ton Entité, est venue jusqu'à nous pour accomplir la Délivrance, reprit le vieillard. Mais pour mener cette mission à bien, il convenait de te fournir certaines clés. De jalonner ta longue route de repères sûrs. C'est pourquoi j'avais également pris soin d'indiquer ces repères à l'Esprit de Lord Leighton, qui les a lui-même répercutés dans les circuits d'Investigator.

Blade tiqua.

— Qu'est-ce que c'est que cette histoire de clés, de jalons?

Un nouvel éclair de malice fulgura dans les prunelles du vieil Adama.

— Je suis sûr que tu as déjà compris.

Blade lui lança un regard de travers.

— Tu veux dire que... quoi que j'aie pu croire, ma route était tracée d'avance. Balisée par les instructions que m'a données l'ordinateur du Projet DX durant ma translation ?

— Tu viens de résumer parfaitement la situation, Richard Blade. C'est exactement ça. Pour arriver jusqu'ici, tu n'as fait qu'obéir à des instructions inconscientes, mais précises.

— Et ces instructions sont celles que tu avais toi-même spirituellement dictées à Investigator ?

— Toujours exact.

— Dans ce cas, pourquoi m'avoir fait accomplir tout ceci ? Ne pouvais-tu dicter ma rematérialisation directement ici ? Tu...

— J'ai essayé ! coupa Adama. Hélas, je ne suis ni Investigator, ni Lord Leighton, mais seulement la projection spirituelle de ce dernier. Malheureusement, mon Esprit n'a pas encore acquis tout le savoir nécessaire. Il n'a pu que suggérer. Seulement suggérer. Pourtant, il y travaille depuis des lustres. Depuis le début de la dégradation de notre monde. Depuis l'avènement de la dynastie des Balak. C'est alors que mon entité a commencé à lancer ces appels vers les autres Entités Cosmiques. Un appel au secours envoyé au Cosmos Absolu.

Une bouteille à la mer, en quelque sorte.

— Sans grand espoir, je l'avoue, reprit Adama. Car en ces époques reculées, la force de projection de mon Esprit n'était en rien comparable à ce qu'elle est maintenant. Je n'en étais encore qu'aux balbutiements de mes expériences.

— Etait-ce donc en des temps si reculés ? Serais-tu si vieux ?

Adama sourit.

— Plus vieux que le plus vieux de tous les Anciens de ce monde.

Il se pencha en avant, déclara, confidentiel :

— Grâce aux panacées.

— Les panacées !

Plus confidentiel encore, le vieillard avoua, l'air honteux :

— Celles dont mon Esprit a successivement piratées les compositions et les moyens de les fabriquer au cours de mes communications spirituelles. Des panacées que j'ai donc soustraites à leur insu à mes divers « correspondants ». Cela m'a permis de devenir le savant que je suis censé être. Mais après tout, acheva-t-il avec un petit sourire confus, quelle que soit la méthode utilisée par le disciple, c'est toujours en copiant le maître et en lui piratant ses connaissances qu'il devient lui-même un maître.

Surpris, Blade s'aperçut alors que pour dire cela, Adama s'était exprimé... en anglais ! Content de son effet, le vieillard ricana :

— Comme tu le vois, j'ai ainsi également pu apprendre le langage de tes semblables.

— Et cette surprenante ressemblance physique avec Lord Leighton ?

Le vieux savant balaya l'air humide d'une main impatiente.

— Simple phénomène de mimétisme. J'ai copié tout son esprit, alors, mon corps a copié le sien. Logique.

Si on voulait.

A cet instant, la porte au fond de l'écurie s'ouvrit et une apparition sublime fit son entrée. Vêtue d'une simple robe de toile grise serrée à la taille par une cordelette, des cheveux blonds lumineux, des yeux verts d'une pureté absolue. Presque une enfant.

— Hione, présenta le vieux savant en réadoptant son langage d'origine. Ma 77ᵉ épouse. Je lui ai enseigné la médecine. Elle va s'occuper de ton amie. J'espère qu'elle pourra la sauver.

La 77ᵉ épouse ! Adama était-il plusieurs fois séculaire ?

Deux hommes en gris vinrent prendre possession du corps pantelant d'Ali et disparurent, suivis par la belle Hione qui n'avait pas dit un mot. Avec une mine gourmande, Adama se pencha de nouveau vers Blade pour questionner :

— Elle est belle, n'est-ce pas ?
— Très belle, reconnut volontiers Blade.
— Hione sera ma dernière épouse, reprit Adama, satisfait. Les précédentes ont eu des durées de vie normales pour ce monde, mais depuis nos épousailles, voilà déjà fort longtemps, celle-ci suit mes traitements de médecine. Comme moi, elle a déjà vu mourir des générations entières de Balakehs.

— Pourquoi ne fais-tu pas profiter les peuples de ce monde de tes médecines ?

Adama lui lança un regard furieux, glapit aussitôt :

— Pour que Balak se les approprie et me garde en prison pour son seul usage ?

Ça se discutait.

— Impossible, reprit le vieillard avec véhémence. Balakah est un monde de fous gouverné par un despote mythomane et paranoïaque. Un psychopathe, comme on dit dans ta dimension. Un dément qui ne règne que par la terreur. Il assoit son pouvoir sur son armée. Déjà, ses prédécesseurs faisaient de même.

— Personne ne s'est donc jamais rebellé ?
— Impossible. Dès le premier roi Balak, le peuple a été privé de mémoire et d'Esprit.
— Comment ça ?
— C'est Balak Ier qui a fait construire ce monstrueux palais-barrage. Comme tu as dû le voir en venant, le roi Balak actuel continue à régner par la terreur et la torture.

Blade avait vu, mais cela n'expliquait pas cette histoire de mémoire volée. Comme s'il lisait dans ses pensées, Adama reprit aussitôt :

— Comme tu as encore pu le constater, cette colossale forteresse en forme de barrage retient les eaux d'un lac immense. Un lac formé par un fleuve. Un fleuve mythique et sacré du nom de Siprith.

Subjugué, Blade s'impatienta :

— Ainsi, ces eaux sont celles du Siprith ?
— Assurément. Et c'est en conservant prisonnières ces eaux porteuses de toutes les vertus que Balak prive les populations de ce monde de la Mémoire Essentielle. C'est ce qui explique l'apathie de notre peuple et sa vulnérabilité devant une classe dirigeante toute dévouée à son monarque.

— Les eaux du Siprith ont-elles donc des pouvoirs magiques ?

— Magiques ? Non ! Essentielles ! Sans elles, nos peuples dégénèrent et se meurent de plus en plus vite. Tu n'as rien senti toi-même car ta composition chimique est différente de la nôtre, Richard Blade. Ce qui explique aussi ta résistance à l'eau glacée du lac. Et aussi le fait que contrairement à nous, ton Esprit n'ait pas besoin de l'Eau de Siprith pour fonctionner.

Le vieillard marqua un temps, reprit en soupirant :

— Autrefois, avant les Balak, la liberté, la justice et la démocratie étaient les clés de voûte de notre société et l'harmonie était notre lot. Le peuple était respecté et gouverné avec sagesse et équité. Selon un calendrier religieux très précis, il se baignait régulièrement dans les eaux du fleuve Siprith, régénérant ainsi sa Mémoire Essentielle et sacrifiant aux rites ancestraux d'adoration des dieux. Puis le roi Salah est mort et son fils Balak Ier lui a succédé. Un ambitieux et un corrompu. Jaloux des dieux et assoiffé de puissance. Alors, le peuple s'est mis à gronder. Au lieu de l'écouter, Balak a cédé aux flatteries de sa cour et aux bruits de bottes de son armée. Il connaissait parfaitement l'importance à la fois religieuse, sociale et stratégique du fleuve Siprith. Quand il a réalisé de quelle puissance la situation géographique de Balakah l'investissait, quand il a senti le vent de la révolte populaire souffler, il est devenu fou. Il a fait édifier ce barrage, a détourné une partie de cette eau essentielle au profit des fontaines et des bains de son palais, privant ainsi le menu peuple de la pensée au profit de sa cour. Résultat, mémoire effacée, le peuple ne songe plus à se rebeller. Plus tard, les Balak se sont succédé et rien n'a jamais plus évolué. Aujourd'hui, quiconque est surpris à voler de l'eau de Siprith est immédiatement condamné au pal et, esprit défaillant aidant, les cas de rébellion sont de plus en plus rares. Un peuple réduit à l'esclavage qui travaille pour les nantis, les vassaux et la cour de Balak.

— Et cette rivière qui alimente le lac que la galère a traversé ?

— Un affluent banal qui vient des Montagnes Stériles et dont les eaux n'ont rien de comparable.

— Et Epsylah ? Et Esyl ? Quel rapport avec Balakah ?

— Jusqu'alors, Balak ignorait par quel phénomène le peuple d'Epsylah avait pu conserver sa Mémoire. Il songeait à un bras secret du fleuve Siprith qui aurait revu le jour dans le secteur d'Epsylah et il envoya des espions. Ceux-ci découvrirent que la Princesse régénérait sa Mémoire Essentielle lors de cérémonies au cours desquelles elle frottait son corps nu contre un monumental et étrange cristal.

— Quel pouvoir renfermait donc ce cristal pour régénérer ainsi la Mémoire Essentielle de tout un peuple à travers le corps d'une seule personne ? s'enquit Blade incrédule.

— Je sais de quoi est composé ce cristal « magique ». Il s'agit en fait d'un monumental exemple de cristallisation chimique.

— Cristallisation chimique ?

— Simple. Dans la nuit des temps, le fleuve Siprith était un véritable géant. Il inondait vallée et cavernes souterraines. Très riches en Sels Essentiels, ses eaux y déposèrent lentement ces derniers, formant des concrétions dont ce cristal est un exemple. Informée du phénomène et sachant le Siprith prisonnier de Balak, la Princesse régnant alors sur Epsylah comprit tout de suite que les concrétions des Sels Essentiels découverts dans ces grottes ne suffiraient pas à alimenter la mémoire de son peuple pendant l'éternité. Elle prit alors la sage décision d'attendre l'occasion de contourner le problème en ne régénérant la mémoire que d'un seul Epsylien... elle. En donnant à cet acte un aspect sacré qui conviendrait aux inductions collectives prévues par la suite, d'où cette communication théâtrale entre le Cristal et son corps nu. Un corps nu qui, par le jeu de la sudation, dissout une faible quantité de Sels Essentiels qui eux-mêmes pénètrent l'organisme par phénomène d'osmose. Ainsi, grâce à cette science de la communication spirituelle sous hypnose collective qu'elle possédait, elle pouvait régulièrement régénérer la mémoire de son peuple. Une science qui s'est transmise depuis, de princesse en princesse, et ceci jusqu'à nos jours.

Adama soupira longuement, poursuivit :

— Mais quand les espions ont rapporté les faits à Balak, celui-ci n'avait plus qu'une chose à faire pour régner enfin en maître absolu : tuer ou kidnapper Esyl. Comme elle est d'une très grande beauté, il a décidé la deuxième solution. Privée de mémoire, la belle Esyl lui appartiendrait corps et âme.

— Subtil, admit Blade.

A la lumière des propos d'Adama, Blade voyait également le mystère Ilaho s'éclaircir. Si l'on s'en tenait à la théorie des concrétions souterraines, la poudre d'Esprit des Ilahos n'était ni plus ni moins que les Sels Essentiels qui abondaient en stalagmites et stalagtites dans leurs grottes. Voilà pourquoi cette poudre était indispensable à l'équilibre d'Ali et de son peuple et pourquoi les mémoires de Brute et de Temple se régénéraient à son usage. De ce côté, la boucle était bouclée.

— Mais toi, dit-il à Adama. Ta Mémoire Essentielle intacte n'intrigue-t-elle pas Balak ?

Petit sourire modeste du vieillard.

— Balak est un paranoïaque. Il a tellement peur de la maladie et de la mort qu'il n'a même pas confiance en ses propres médecins. Comme ses prédécesseurs, intrigué par mes connaissances, il m'a fait miroiter des fortunes pour que je sois son médecin attitré. J'ai toujours refusé de m'inféoder, mais j'ai quand même accepté la poursuite de l'arrangement contracté avec ses ancêtres.

— L'arrangement ?

Nouveau petit sourire du vieux savant.

— J'ai toujours accepté de soigner les rois Balak qui m'en faisaient la demande. A la condition expresse d'être régulièrement approvisionné en Eau de Siprith pour mon usage personnel et celui de Hione.

Le regard de Blade pétilla.

— Astucieux, reconnut-il.

Le sourire du vieil homme était toujours accroché à ses lèvres parcheminées.

— D'autant plus malin, avoua-t-il, que ma Mémoire n'en a pas besoin.

Blade le fixa, incrédule.

— Je ne comprends pas.

Ravi, Adama prépara son effet avant d'assurer :

— C'est pourtant enfantin.

Blade le fixait toujours, quand l'évidence le frappa.

— Bien sûr ! s'exclama-t-il. Bien sûr que tu n'as pas besoin d'Eau de Siprith pour réactiver ta propre Mémoire, puisque... puisqu'elle se réactive forcément au cours de tes... communications spirituelles.

Notamment avec l'esprit de Lord Leighton.

— Continue, encouragea le vieillard en ayant l'air de s'amuser follement. Continue !

— Et cette Eau de Siprith, insista Blade, un ton plus bas et en anglais, cette Eau Essentielle dont tu n'as pas besoin, tu la distribues à d'autres.

Petit rire grinçant d'Adama qui glapit :

— Continue, Richard Blade ! Continue !

— De là à imaginer que cette Eau de Siprith aurait pu servir à entretenir la Mémoire Essentielle d'une petite armée clandestine de fidèles...

— Encore bravo ! glapit la réplique de Lord Leighton. Bravo ! Pas vraiment une armée, bien sûr. Mais une troupe... ça oui ! Et même une sacrée troupe !

Le vieil homme toisait Blade, admiratif.

— En plus d'un corps robuste et harmonieux, déclara-t-il, tu as l'esprit vif, Richard Blade. Je ne regrette décidément pas d'avoir fait appel à toi.

Blade se pencha en avant.

— Justement, dit-il en plantant son regard dans celui du vieil homme. Pourquoi m'as-tu fait venir jusqu'ici, Adama ? Je veux dire, pourquoi... exactement ?

Soudain songeur, le savant hocha la tête deux ou trois fois, parut hésiter, finit par déclarer d'une traite :

— Parce que toi, tu résistes à l'eau glacée.

CHAPITRE XX

Le plan d'Adama était simple. Et carrément suicidaire.

Cinq jours s'étaient écoulés, Ali était sortie de son coma et s'acheminait doucement vers la guérison, tandis que Blade avait appris tous les secrets du vieil Adama. Un médecin doublé d'un chef de résistance. Stratège spirituel d'une troupe commandée par le monstrueux Ahnn. Beau camouflage que celui du colosse. Qui serait allé soupçonner un maître-tambour des galères ? Quant aux autres clandestins, rien que des Amnèses réduits à l'esclavage. Pour la plupart au service des notables de la cour de Balak.

Donc, forcément infiltrés au palais.

Elément important du plan imaginé par le vieil Adama, car grâce à eux, on avait enfin réussi à apprendre dans quelle partie de l'ouvrage étaient respectivement retenus Esyl, Temple et Brute. Un plan génial dans sa simplicité, puisqu'il reposait précisément sur cette infiltration, mais un plan dont le volet concernant l'action de Blade comportait un écueil de taille ; le sacrifice de sa vie.

But de l'opération : faire sauter le barrage.

Opération prévue en conjugaison avec la prise du palais de Balak et la délivrance des prisonniers. Palais justement édifié au sommet du barrage en question. Et quand Blade s'était étonné à propos des éventuels explosifs qui seraient nécessaires, le vieil Adama s'était contenté de sourire en affirmant que tout était déjà prévu de longue date.

En résumé, on n'attendait plus que l'homme capable de plonger suffisamment profond dans les eaux glacées de la retenue pour fixer les « bombes » à la base de l'ouvrage.

Et cet homme-là, c'était Richard Blade.

— Aurais-tu peur, Richard Blade ?

La voix aigrelette du sosie de Lord Leighton contenait un brin d'ironie. Les deux hommes étaient enfermés dans la grande cave de la maison d'Adama. Un immense local voûté qui sentait le salpêtre et quelque chose d'autre qui piquait légèrement le nez. Un local secret où aucun autre qu'Adama n'avait encore jamais mis les pieds. Même pas le fidèle Ahnn. Son laboratoire. Avec en son milieu une longue table surchargée de cornues, de spirales et autres instruments, et le long des murs, de nombreux casiers et récipients de toutes sortes. Penché sur le plan du barrage, Blade redressa la tête pour fixer son regard dans celui du vieil homme.

— Même les héros ont peur avant de mourir. Et je ne suis pas un héros.

— Si tu meurs, renvoya Adama d'un ton léger, tu seras notre héros.

La belle affaire.

— Aah !

Comme si un esprit malin avait voulu punir Adama

de sa remarque, il avait vivement porté la main à son front en grimaçant.

— Qu'avez-vous ? questionna Blade.

— Rien... rien. Je ne sais pas. Une violente douleur et l'impression... l'impression de dédoublement de pensée. Etrange. Vraiment étrange.

Mais le malaise était déjà passé et Blade posa son regard sur les bonbonnes alignées au pied du mur situé face à lui. L'angoisse montait en lui.

Cent gallons de nitroglycérine !

Soit quatre cent cinquante-quatre litres de l'explosif le plus instable jamais inventé par l'homme. De quoi transformer Buckingham Palace en chaleur et en lumière. Le petit secret du vieux savant.

— C'est ça qui te fait peur, n'est-ce pas ? fit Adama en considérant à son tour les bonbonnes. Tu sais, enchaîna-t-il avec l'air d'une nounou parlant de son petit dernier, j'ai eu beaucoup de mal à tirer tout ce glycérol des pauvres corps gras que j'avais sous la main. La saponification n'est pas facile à réaliser et la fabrication des acides nitrique et sulfurique nécessaires au mélange requiert des connaissances qui m'étaient encore étrangères. Sans mes incessantes investigations dans l'Esprit de ton maître Lord Leighton, je n'y serais jamais arrivé.

Il laissa fuser un petit rire sec, grinça :

— Ici, en matière d'armement, nous en sommes encore au stade du sabre et de la flèche. Si les Balak avaient su, ils m'auraient fait des ponts d'or. Mais j'ai toujours haï les Balak. Alors, cette nitroglycérine va servir à éteindre leur dynastie et à libérer enfin notre Grand Fleuve Sacré Siprith.

Et sans doute aussi à tuer Blade. Mais ceci ne serait

qu'une anecdote dans l'histoire d'Amnesiah. Un de ces détails dont sont faites toutes les grandes épopées.

Il marqua un temps, porta de nouveau la main à son front en grimaçant de douleur.

— C'est étrange, répéta-t-il. Depuis un moment, j'ai l'impression... l'impression de ne plus être le seul à me servir de mon cerveau.

Blade fronça les sourcils. Il ne manquerait plus que le vieux savant meure avant de voir libérer son peuple. Mais une nouvelle fois, le malaise s'estompa et Adama se redressa sur le siège bizarre qui lui servait d'ascenseur.

— C'est l'heure, dit-il. Remonte-moi.

Un poing venait effectivement de frapper la trappe située au-dessus d'eux. Blade tira sur les cordes qui pendaient à la trémie de la voûte, les poulies grincèrent et le fauteuil d'Adama remonta lentement. L'abattant s'ouvrit, les bras énormes d'Ahnn arrachèrent le fauteuil de la plate-forme et la face grossière du maître-tambour s'inscrivit dans l'ouverture.

— Je renvoie, dit-il.

La plate-forme redescendit et avec d'infinies précautions, Blade y déposa la première bonbonne.

— Attention, prévint-il à l'adresse du colosse. Le moindre choc...

Inutile d'en dire plus. Depuis la mise sur pied du plan d'Adama, le monstre de muscles en savait autant qu'eux deux sur les dangers de la nitroglycérine. Au plus petit choc, on ne retrouverait jamais rien de leurs carcasses.

*
**

— On n'y voit rien !

Ahnn avait eu beau chuchoter, la surface de l'immense lac renvoyait les sons en les amplifiant. Heureusement, la dernière patrouille était passée sur la berge depuis un moment déjà et les gardes tasks du barrage ne pouvaient les entendre de tout là-haut. A cause de la distance, mais surtout à cause de la rumeur. Celle des suppliciés qui par centaines agonisaient lentement sur le pal. Supplice atroce auquel Blade et Ahnn n'échapperaient pas s'ils étaient surpris au beau milieu du lac interdit sur leur embarcation.

Un simple radeau.

Quelques planches assemblées avec des cordes, sur lesquelles les deux hommes avaient aligné les bonbonnes. Après un périple tourmenté à bord du tombereau toujours chargé de fumier et à travers des ruelles désertes, ils étaient arrivés au point de passage vers le lac. Un simple accroc dans l'épais grillage qui l'entourait sur des miles et des miles. Ouverture patiemment pratiquée par les hommes d'Ahnn au cours des derniers jours. Comme convenu, ils avaient trouvé les planches et les cordes à l'endroit indiqué, mais ils avaient passé un temps fou à fabriquer le radeau, et encore plus à transporter une à une les bonbonnes de nitro du tombereau caché plus haut jusqu'à la rive.

Maintenant, le plus délicat restait à faire.

Poser les bombes.

Les poser le plus délicatement possible. Juste au pied du barrage, sous des tonnes d'eau. Une eau effectivement glacée où Blade avait déjà eu du mal à laisser sa main immergée plus d'une minute. Alors, quand il serait entièrement dessous...

— Attention, souffla de nouveau Ahnn. Ils reviennent.

Les Tasks de la ronde de nuit. En réalité, ce n'étaient pas les mêmes, mais la patrouille d'en face qui avait croisé la précédente et qui venait maintenant de leur côté. Heureusement, le radeau était peint en gris et ils s'étaient eux-mêmes enduits de la boue du rivage. Un seul risque ; que les Tasks repèrent la corde. Un long et fin cordage qui reliait le radeau à la rive et qui, en temps utile, devrait théoriquement permettre à Blade de résister au monstrueux courant.

Si l'explosion avait bien lieu. En attendant, il fallait la préparer.

— J'y vais, lança Blade.

La patrouille était passée et Ahnn avait lancé l'ancre du radeau au pied du barrage. Blade se déshabilla entièrement, lança un dernier regard au sinistre ouvrage noir qui semblait vouloir les écraser, puis, veillant à éviter les clapotis, se mit doucement à l'eau.

Une eau glacée qui lui mordit violemment le corps.

Aussitôt, comme dans un ballet bien appris, Ahnn se pencha, souleva la première bonbonne et la passa à Blade avec d'infinies précautions.

Sous le poids, il crut qu'il allait couler à pic. Ce qu'il fit effectivement, mais heureusement sur une courte profondeur. Bientôt, la poussée de l'eau aidant, il descendit beaucoup moins vite. Complètement aveugle, la chair cisaillée par le froid et s'aidant des pieds pour ne pas perdre contact avec la maçonnerie du barrage, il continuait à descendre, se demandant avec inquiétude si Ahnn ne s'était pas finalement trompé dans son estimation de la profondeur du lac. Il avait l'impression de ne jamais devoir s'arrêter et déjà, ses poumons étaient sur le point d'éclater. Il descendit encore, fut obligé de laisser filer quelques bulles de sa bouche pour soulager la pression, eut encore le temps de se dire que c'était fichu, qu'il allait devoir lâcher la bonbonne pour remonter. Mais faire cela sans contrôler l'arrivée de l'explosif au fond équivalait à la roulette russe. Le moindre choc un peu sec, et ce serait la catastrophe. Il n'aurait aucune chance d'en sortir, et son sacrifice n'aurait aucun effet sur le barrage. Trop faible charge. Soudain, alors qu'il allait finir par se résigner à tout lâcher quand même, il sentit des algues s'enrouler autour de ses chevilles et ses pieds rencontrèrent enfin les fondations du barrage. De gros rochers, comme cela était indiqué sur le plan d'Adama. A bout de souffle, le cœur fou et les gestes moins précis qu'il ne l'aurait voulu, Blade prit appui sur le sol, laissa descendre la bonbonne entre ses jambes, s'attendant à chaque parcelle de seconde à se désintégrer sous l'effet de la terrible explosion. Soudain, mal assuré sur la roche glissante, son talon droit dérapa. Il sentit son cœur rater un battement, ses mains enregistrèrent le choc de la bonbonne contre le roc et, le temps d'une seconde, il eut la vision fugitive du film de sa vie.

CHAPITRE XXI

Blade se demandait encore par quel miracle il avait pu éviter l'explosion. Et ceci dix-neuf fois de suite. Un miracle dont il ne revenait pas lui-même, tant il avait été certain plusieurs fois que tout allait sauter. Maintenant, rhabillé, épuisé, frigorifié et allongé sur le radeau entre Ahnn et la dernière bonbonne, il avait les yeux fixés vers le sommet du monstrueux barrage.

Ils attendaient le signal.

En principe, à l'heure qu'il était, les résistants d'Ahnn devaient être en place aux endroits stratégiques du palais. Dès le signal, ils lanceraient leurs actions concertées de manière à neutraliser le maximum de Tasks à l'intérieur du palais. Alors, Blade et Ahnn pourraient entrer en scène pour l'avant-dernier acte ; délivrer les prisonniers.

— Ça y est !

Blade avait vu aussi. Une simple torche. Brandie à peine une seconde, tout là-haut, dans l'ouverture d'une fenêtre du palais. Il était prêt. Déjà, Ahnn était debout et cherchait la corde. Celle que l'homme à la torche venait en principe de leur lancer de son perchoir. Enfin, les hommes. Car une telle longueur de filin pesait un poids considérable.

— La voilà !

Le géant venait en effet de saisir la corde et déjà, il commençait à se hisser.

— Non, fit Blade. Moi d'abord. Si jamais tu les cognais...

« Les », c'étaient les petites bouteilles d'un vingtième de gallon chacune que le monstre portait dans un sac accroché à son dos. Vingt-deux flacons porteurs de cataclysme et de mort, car tous également remplis de nitro. Après l'exploit de Blade, Ahnn avait tenu à se charger de la totalité du fardeau. Mais à la moindre fausse manœuvre, il serait désintégré. Non seulement la corde serait coupée, mais en plus, les patrouilles du lac seraient alertées. Blade n'aurait plus aucune chance de remplir sa mission. Tandis qu'en passant le premier, il aurait certes perdu son armement majeur, mais au moins, il pourrait tenter d'aider les combattants de l'intérieur.

— D'accord, acquiesça Ahnn. Grimpe le premier.

Ce qui serait déjà un exploit, Blade n'avait jamais escaladé une muraille aussi haute à l'aide d'une simple corde. Mais en athlète hyper-entraîné qu'il était, l'exercice ne l'aurait pas inquiété outre mesure, sans cet engourdissement général de ses muscles à la suite de ses bains glacés successifs. Pourtant, ce fut sans hésiter qu'il vérifia la bonne fixation de son sabre à sa ceinture, qu'il empoigna le chanvre et qu'il commença à se hisser.

Une escalade interminable.

A mesure qu'il montait, un vent capricieux et humide le poussait dans tous les sens et il devait s'accrocher des deux pieds à la paroi grise pour ne pas se transformer en balancier humain. De temps à autre, il lançait un regard en dessous, mais dans cette nuit brumeuse et sans astre, il ne voyait strictement rien. Pourtant, à la tension de la corde, il savait que Ahnn avait commencé à grimper à son tour. Soudain, alors que Blade ne sentait plus ses bras à force d'épuisement, deux mains l'empoignèrent et il comprit qu'il était arrivé. Il bascula sur un entablement de fenêtre, se retrouva dans le noir absolu.

— Ne bouge pas, fit une voix près de lui. On attend notre chef.

Très loin dans les profondeurs du palais, on entendait s'élever une rumeur sourde entrecoupée de cris violents. Les hommes d'Ahnn avaient lancé l'action.

— Le voilà! souffla une voix.

Blade n'était pas arrivé depuis une minute que le chef des rebelles surgissait déjà. Aussitôt, une torche s'alluma, éclairant deux inconnus en vêtements gris et une chambre qui ressemblait à une cellule de monastère. Tandis qu'un des deux hommes remettait la grille de la fenêtre descellée en place, l'autre aidait Ahnn à partager le contenu du sac en quatre lots qu'ils répartirent dans d'autres sacs en cuir que l'on portait à l'épaule.

— Attention! grogna le géant.

Il avait raison. A lui seul, le sac contenait de quoi faire sauter une partie du palais.

— Tout est en place? questionna Ahnn.

— Les points stratégiques sont sous notre contrôle, assura un des deux inconnus.

— Dans ce cas, allons-y, lança Blade. Guidez-nous.

Les deux rebelles savaient ce qu'ils avaient à faire. Ouvrant la marche, l'un d'eux entrebâilla la porte, jeta un regard dans un couloir sombre et fit signe que la voie était libre. Mais à peine furent-ils parvenus au débouché du couloir sur un grand hall aux murs de granit noir qu'un groupe de Tasks surgi de nulle part les surprit. Celui qui tenait la tête hurla un ordre et aussitôt, les soldats de cuir et de métal se ruèrent.

Blade n'hésita pas.

Délaissant les sabres restés accrochés à sa ceinture, il enfouit la main droite dans son propre sac, ressortit sa main et, levant le bras, il cria :

— A l'abri !

Devant les Tasks médusés, les trois autres se replièrent derrière lui et Blade lança sa première petite bouteille.

Elle explosa dans une vive déflagration et un souffle terrible balaya tout le monde. Aussitôt, des hurlements montèrent dans le bourdonnement du silence retrouvé et sabre en main, Blade tourna l'angle du mur pour considérer le spectacle.

En explosant, la bouteille avait catapulté des dizaines de morceaux de verre un peu partout, criblant l'adversaire d'éclats meurtriers. Il y avait du sang partout et des corps roulaient à terre en glapissant de douleur. Des Tasks avaient été en partie épargnés, mais complètement traumatisés par l'explosion et par son phénomène dévastateur, ils restaient là, plaqués aux murs ou à genoux, regardant Blade comme s'il était le diable. Ce dernier bondit, enfonça son sabre dans un poitrail, tailla une gorge, réduisant à l'état de cadavres tous ceux qui se trouvaient sur son passage. Derrière lui, passé l'instant de stupeur, ses compagnons entraient en scène à leur tour.

Dès lors, tantôt taillant l'ennemi à coups de sabre,

tantôt distribuant la mort explosive des terribles flacons, ils dévalèrent des escaliers vertigineux, traversèrent des salles, des cours, des jardins intérieurs où des jets d'eau de Siprith fusaient dans des fontaines d'or et d'argent. Ils atterrirent enfin dans une grande cour carrée illuminée de torches fumantes, où descendaient deux escaliers monumentaux qui s'enfonçaient dans les profondeurs du palais et où en montait un autre vers la double porte massive d'une imposante tour carrée. Une cour bourrée de soldats tasks en armes. Un des hommes d'Ahnn désigna la lourde porte en criant :

— C'est là !

Là, c'était le fief de Balak-le-Sanguinaire. Là aussi que selon les hommes d'Ahnn, la princesse Esyl était enfermée avec lui. Déjà, les deux résistants se frayaient un chemin vers les escaliers descendants. Blade les vit brandir les affreuses petites bouteilles, entraîna Ahnn à l'abri des colonnes massives entourant la cour. Il était temps. Deux explosions retentirent presque aussitôt, suivies de hurlements et de plaintes.

— Vite ! cria Blade.

Suivi d'Ahnn qui abattait son sabre à la volée sur les survivants, il se précipita vers les massives portes de la tour carrée, déposa trois flacons à leur base, revint se protéger derrière les colonnes, attendit qu'Ahnn soit également à l'abri, avant de lancer une quatrième bouteille vers le bas des portes.

Cette fois, l'explosion fut si forte qu'il sembla à Blade que le palais s'effondrait de partout. Une épaisse poussière grise noya le décor, prenant à la gorge, gommant les silhouettes. Déjà, Blade avait foncé. Il franchit une volée de marches en granit noir, s'engouffra dans l'ouverture béante, devina plus qu'il ne vit des ombres qui se ruaient sur lui. Une autre ombre surgit près de lui, brandissant deux sabres abondamment couverts de sang frais.

Ahnn.

Le géant lâcha un cri guttural, abattit ses deux armes à une vitesse stupéfiante, arracha des têtes, faisant voler des casques et jaillir des fontaines de sang. A son côté, Blade frappait également. Un peu moins fort, mais aussi vite et aussi précisément.

— Par ici ! cria Ahnn.

Blade le suivit dans un hall gigantesque où une armée de sicaires vêtus de noir et d'or faisait barrage devant une autre double porte. En bronze massif sculpté de figures allégoriques. Blade poussa Ahnn derrière une autre série de colonnades, balança une demi-douzaine de petites bouteilles. Les dernières. Sous les explosions ravageuses, trois colonnes situées à l'opposé de Blade furent brisées net à leur base et s'effondrèrent sur les gardes dans un vacarme assourdissant et dans un concert de lamentations. Mais dans ses lancers, Blade n'avait pas épargné le bas des portes de bronze. Ces dernières parurent se replier sur elles-mêmes et furent projetées contre des murs intérieurs invisibles.

Blade fonça de nouveau, Ahnn sur les talons.

Sautant par-dessus les cadavres et les blessés, ils jaillirent dans un autre hall où des fontaines d'eau de Siprith alimentaient des bassins en cascades. Là, d'autres sicaires tentèrent de les arrêter, mais leurs hallebardes ne suffirent pas. Blade avait à peine embroché le premier de son sabre qu'Ahnn en avait découpé trois autres avec les siens. Soudain, une espèce de géant armé d'un immense glaive doré émergea du nuage de poussière, prêt à pourfendre les intrus. Occupé à tailleder deux autres gardes, Ahnn n'avait rien vu. Blade, si. Galvanisé par l'action et le dénouement proche, il sauta littéralement en l'air, poussa un « han » de bûcheron, abattit sa lame de toutes ses forces sur le crâne chauve de son agresseur. Il y eut un craquement sinistre et, enfoncée jusqu'au niveau des sourcils épais du géant, la lame fit jaillir sang et cervelle.

— Par ici! cria encore Ahnn.

Il s'était engouffré dans l'ouverture béante d'une autre porte qu'il venait de faire sauter. Derrière le nuage grisâtre qui s'en échappait, Blade distingua une silhouette noire et massive qui essayait de s'enfuir. Il fonça, percuta le fuyard dans le dos, le plaqua aux jambes, l'envoyant bouler sur le marbre noir et gris d'un sol jonché de débris. Juste au pied d'un immense lit aux allures de catafalque et éclairé par quatre torchères géantes en bronze rutilant. Un lit sur lequel une longue et mince silhouette diaphane semblait dormir. Entièrement nue, à plat dos et les membres écartelés par de solides chaînes qui paraissaient en or.

— Princesse! hurla Ahnn en se précipitant vers le lit. Princesse Bien-Aimée!

Ils venaient de retrouver Esyl!

Et l'homme en noir était Balak. Ce dernier s'était ouvert le front contre le pied du lit. Il lâcha un cri sourd, tourna vers Blade une face livide et cruelle et la lueur qu'il intercepta dans les prunelles noires alerta le voyageur interdimensionnel.

In extremis.

Il vit l'éclair blême du long couteau fuser vers sa gorge, sentit une légère brûlure au-dessus de la pomme d'Adam. Sans le fulgurant réflexe qui lui avait fait rejeter la tête en arrière à l'ultime milliseconde, il aurait été proprement égorgé. Emporté par l'action, il leva son bras armé. A cet instant précis, il vit un autre éclair blême passer devant ses yeux et, la demi-seconde suivante, la lame d'un sabre tranchait la gorge du roi Balak.

Ahnn avait fait justice lui-même.

— Va, Seigneur Blade, gronda la montagne de muscles. Va maintenant.

Blade le vit arracher les chaînes d'or de leurs scellements dans le granit et soulever dans ses bras le corps nu de la princesse Esyl. Comme une précieuse poupée qu'il serrait contre son immense poitrail. Transfiguré par une joie sans limites, le géant cria encore :

— Va, Seigneur Blade ! Merci à ton immense courage et... bonne chance !

Blade aurait voulu que le temps s'arrête. Il aurait voulu prendre aussi contre lui cette fragile princesse qui symbolisait tant d'espoirs chez ces peuples. Mais le plan établi avec le vieil Adama était précis. Il n'y avait pas de temps à perdre. D'ailleurs, le géant et la Princesse avaient déjà disparu. Alors, appliquant le plan à la lettre, Richard Blade fonça à son tour. Il traversa des cours, sauta par-dessus des cadavres, ignora des multitudes de blessés, reprit des couloirs, retraversa d'autres cours pour aboutir sur un chemin de ronde d'où la vue plongeait sur la chaussée, tout là-bas en contrebas, avec ses centaines de torches et de suppliciés. Il eut une pensée amère pour ces derniers, sauta sur un autre chemin de ronde d'où partaient les escaliers déjà empruntés plus tôt. Il allait se jeter dans celui qu'il savait conduire à la chambre-cellule où il était arrivé, quand plusieurs silhouettes émergèrent ensemble d'un autre escalier.

Les deux résistants d'Ahnn... accompagnés de Brute !

Dans les bras de ce dernier, Temple semblait aussi petite, aussi fragile que la princesse Esyl dans ceux de l'immense Ahnn. A cet instant, tous levèrent les yeux vers Blade et le regard vacillant de Temple rencontra le sien. Il y lut alors tant de choses, tant de bonheur aussi qu'il fut largement payé de sa peine...

Tout allait s'achever dans les instants suivants. Blade avait encore à faire.

Le troisième et dernier volet du plan.

Le plus dangereux.

Mais les guerriers tasks un moment destabilisés par la soudaineté du raid allaient maintenant réagir. Contre une armée organisée et bien armée, les pauvres rebelles n'auraient plus aucune chance. Ils seraient massacrés, Esyl serait de nouveau capturée et un autre « Balak » prendrait le pouvoir.

Alors, Blade n'avait pas le choix.

Il fallait jouer la partie jusqu'au bout. Une partie mortelle dont il avait calculé tous les paramètres. Pour arriver au même résultat. Sa propre mort. Car une fois le barrage frappé par le cataclysme des bonbonnes, les eaux s'engouffreraient dans la brèche et, tel un monstrueux torrent, elles dévasteraient tout sur leur passage... en emportant Blade.

Car il le savait, même en halant le radeau, même en plongeant pour remonter le long de la corde tendue jusqu'à la rive, il n'aurait pas une chance sur dix mille de s'arracher à l'effroyable courant. Alors, forcément, c'était avec un peu de peine qu'il voyait tous ses nouveaux amis déserter précipitamment le gigantesque et lugubre palais. Il les voyait pour la dernière fois...

A moins que...
— Il est là ! Il est là !

Cette fois, ça y était. De nouvelles hordes de Tasks surgissaient de partout en hurlant. Forts de leur supériorité retrouvée, ils fonçaient vers lui dans un mouvement convergent qui ne lui laisserait aucune chance. Alors, se vidant définitivement l'esprit, il plongea dans l'escalier, dévala des centaines de marches, poursuivi par la meute, avant de déboucher enfin dans le couloir qu'il connaissait. La porte de la chambre-cellule était là. Il s'y jeta, referma derrière lui, entendit presque aussitôt des coups puissants ébranler le panneau. Dans quelques secondes, les Tasks seraient sur lui. Mais galvanisé par l'action, il fit sauter la grille déjà descellée de la fenêtre, enjamba l'entablement, tendit le bras pour prendre la corde, ne rencontra que le vide.

La corde avait disparu !

Les Tasks l'avaient trouvée. Ils avaient coupé toute retraite. Blade sentit son cœur sur le point d'exploser. Dans son dos, les coups allaient faire sauter la porte dans deux secondes. Il y eut un craquement sinistre, des hurlements s'élevèrent et Blade sentit la horde déferler vers lui.

Alors, il sauta.

Après le vacarme, le silence de la chute lui fit mal aux tympans. Une chute qui n'en finissait pas et laissait tout loisir à son esprit de vagabonder. Plus de doute possible. Il était venu dans la dimension d'Amnesiah pour accomplir sa dernière mission interdimensionnelle.

Dans un soupçon d'éternité, il serait mort.

A cette seconde, une trouée dans la brume épaisse laissa passer un rayon d'astre nocturne et Blade qui regardait vers le bas vit arriver la surface lisse du lac à sa rencontre. Une surface luisante, avec, en tout petit encore, une chose rectangulaire qui montait... montait...

Le radeau !

Avec la bonbonne dessus ! S'il tombait dessus...

Mais il tomba juste à côté. Dans un jaillissement foudroyant qui lui donna l'impression d'éclater de partout, il s'enfonça dans l'onde noire, avala de l'eau, s'étouffa, se débattit, donna un furieux coup de reins et se sentit enfin remonter. Son crâne heurta une masse dure qui sonna sourdement et des étoiles explosèrent dans sa tête. Il comprit qu'il avait heurté le radeau, il entendit quelque chose rouler sur les planches, sut qu'il s'agissait de la bonbonne, perçut le « plouf » quand elle tomba à l'eau.

Tout près de lui.

Alors, comme si un film s'était déroulé sous ses paupières closes, il « vit » nettement la bonbonne couler au bout de sa corde. Une corde prévue à cet effet, attachée à l'extrémité du radeau et qui, par effet de balancier, allait naturellement conduire la bombe liquide à aller heurter les rochers des fondations du barrage. Par phénomène d'anticipation, il « voyait » même l'explosion avant qu'elle ne se produise. Car tout avait été calculé dans ce sens. Une explosion dantesque. Effroyable.

Une explosion...

Mais Blade n'eut pas le temps de souffrir. Dans sa tête, il y eut un enfer de feu... et le néant l'engloutit.

ÉPILOGUE

— ... chard Blade !

Blade filait dans le néant à la vitesse de la lumière. Son corps n'existait plus, son esprit non plus. Des milliards de milliards de ses cellules l'avaient fui et il achevait de se dissoudre dans le néant.

— Richard Blade !

Blade fut étonné. Comment le vieil Adama pouvait-il se trouver avec lui dans ce néant glacé ? Car c'était bien la voix aigrelette du vieux savant qui venait de l'interpeller. Il en était aussi sûr que...

— Richard Blade, réveillez-vous, bon sang !

Alors, Blade comprit que la voix était en train de lui dire qu'il n'était pas mort et qu'il devait ouvrir les yeux. Il les ouvrit donc, ne vit d'abord que du flou, du brouillard et des formes très vagues. Puis, à mesure que sa vision sur le néant s'éclaircissait, il comprit qu'il ne s'agissait pas non plus du néant.

Il était revenu dans la cage !

Au laboratoire du Programme DX !

— Alors, mon garçon, s'exclama le vieil Adama en le secouant de ses mains déformées par la maladie. Alors ! On se réveille enfin ?

En arrière-plan, Blade aperçut J. Le vieux chef du MI 6 lui adressa un sourire soulagé. Il était heureux de retrouver son agent préféré. Un agent très spécial, qui revenait de très loin.

— Alors, mon garçon, grinça encore Lord Leighton de sa voix aigrelette. Alors ! Vous avez sûrement des tas de choses à nous raconter, n'est-ce pas ?

Cette fois, malgré son épuisement, malgré cette espèce de torpeur lourde et nauséeuse qui présidait à chacun de ses retours de translation, Richard Blade esquissa un lointain sourire.

Certes, il allait en raconter, des choses !

L'EXECUTEUR

Lorsque la Mafia avait provoqué la mort de la mère, du père et de la sœur de Mack Bolan, elle ignorait une chose : au Viêt-Nam, ses copains avaient surnommé Mack Bolan, le tireur d'élite.

Chez votre libraire, le n° 91

TRAQUENARD EN LOUISIANE

La Galaxie a été conquise par l'Homme, mais plus personne ne se souvient de la Terre. Sauf Earl Dumarest. Aventurier d'un lointain et fascinant futur, il va s'acharner, au péril de sa vie, à retrouver le berceau de l'Humanité. Et se mettre en travers de la route du Cyclan, l'Intelligence inhumaine tapie derrière tous les pouvoirs des mondes colonisés.

déjà chez votre libraire

N° 26 — L'ÉNIGME DU DORMANT

L'holocauste nucléaire tout le monde y pense...
C'est arrivé !
Après la Troisième guerre mondiale. C'est le chaos,
l'horreur, et aussi la lutte pour la vie.
Dans un pays ravagé, livré à la famine,
où des hordes de motards et d'assassins sèment la
terreur, un homme recherche sa femme et ses enfants.
Sa quête le mènera, dans cette Amérique
de cauchemar,... au bout de l'enfer.
Mais John Thomas Rourke n'a qu'un seul but,
continuer...
Il est

CHEZ VOTRE LIBRAIRE LE N° 35

LA VALLÉE
DES MORTS

JIMMY GUIEU

E.B.E.

(EXTRATERRESTRIAL BIOLOGICAL ENTITY)

Alerte rouge

Un roman aux rebondissements en chaîne qui, graduellement, nous feront découvrir ce que sont les EBE (prononcer I-BI) et l'horrible vérité attachée à ces Entités Biologiques Extraterrestres.

CHEZ VOTRE LIBRAIRE

VAUGIRARD

Découvrez les enquêtes de la

BRIGADE MONDAINE

qui osent enfin révéler les dossiers indiscrets des policiers pas comme les autres...

Chez votre libraire, le n° 111

L'APPRENTIE SORCIÈRE

DÉCOUVREZ

Les fantasmes de la Comtesse Alexandra

LE PRINCE ET LA COMTESSE

J'entrai comme une tornade dans la librairie. Il était là, occupé à ranger des livres sur une étagère. Il se retourna lentement et me jeta un regard noir. Puis, sans doute ému par la détresse qui émanait de mon corps tout entier, il s'approcha de moi. Je me jetai dans ses bras, le serrant à l'étouffer.
— Et si tu me racontais tes malheurs de comtesse amoureuse ? fit-il en passant l'index sur ma lèvre inférieure.
— Il s'appelle Malko et c'est un salaud ! J'aurais voulu ne jamais le rencontrer...

déjà chez votre libraire

GÉRARD DE VILLIERS

PRÉSENTE

par

Richard Sapir et Warren Murphy

Une série bourrée d'actions
et d'aventures fantastiques.
C'est violent, c'est cruel... et drôle.

Chez votre libraire le n° 77

RÈGLEMENT DE COMPTE ET CASH À L'EAU

science fiction SF
JIMMY GUIEU

Percez le mur de la lumière ! Basculez dans l'hyperespace ! Abordez des mondes nouveaux... ou restez sur la Terre où vous rencontrerez aussi l'Etrange et le Terrifiant...

Chez votre libraire le n° 81

TRAFIC INTERSTELLAIRE

*Achevé d'imprimer en janvier 1991
sur les presses de l'Imprimerie Bussière
à Saint-Amand-Montrond (Cher)*

— N° d'imprimeur : 4024. —
Dépôt légal : février 1991.
Imprimé en France